奇縁まんだら

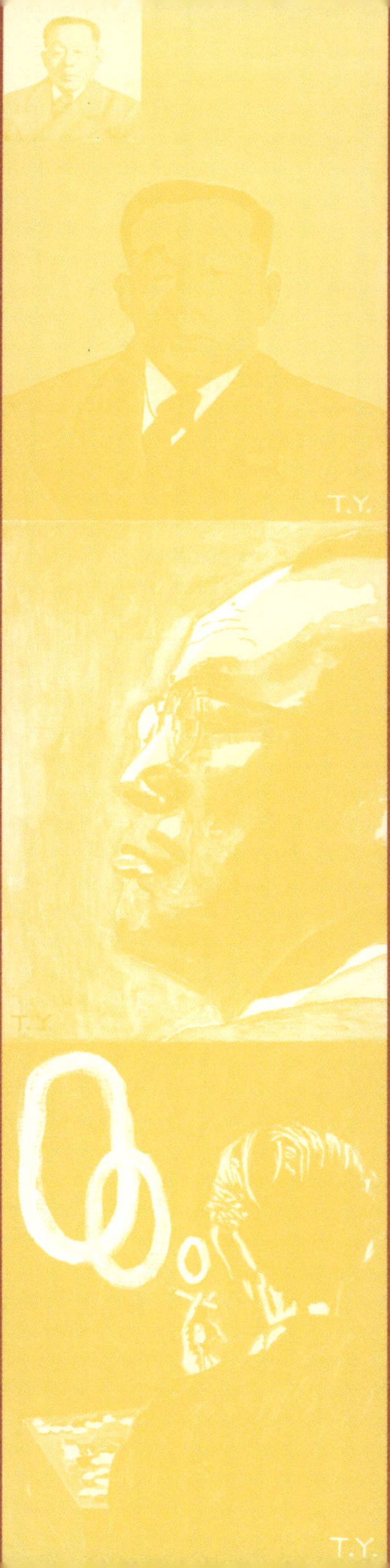

瀬戸内寂聴
画・横尾忠則

日本経済新聞出版

目次

装幀　横尾忠則

はじめに

生きるということは、日々新しい縁を結ぶことだと思う。数々ある縁の中でも人と人の縁ほど、奇なるものはないのではないか。

思いもかけない人と人が出逢い、心惹かれたり、うとましく思ったりする。一つの縁から次の縁に結びつき、縁の輪が広がっていく。

結んだつもりの縁も、ふとしたことから切れることもある。

けれども切れたと思ったのは、人の浅墓な考えで、一度結んだ縁は決して切れることはない。そこが人生の恐ろしさでもあり、有難さでもある。

私は自分が長命でありたいと思ったことは一度もなかった。最も恐れていたのは老醜であり、老呆けであった。

仕事盛りに、ふとした病気で、さっと死んでいきたかった。人々に、あら、もう死んじゃったのと惜しまれて死にたかった。

ところが、わが意に反して、ふと気がつくと七十歳を越え、また気がつくと八十歳も半ばを越えている。

ふり返えれば茫々の歳月が流れ去っていた。

長い生涯であった。その間に何が愉しかったかと思いをこらせば、それは人との出逢いとおびただしい縁であった。

この世で同じ世代を生き、縁あってめぐりあい、言葉を交しあった人々の俤《おもかげ》が、夜空の星のように、過ぎて来た過去の空にきらめいている。

その人たちのふとした表情や、無防禦《むぼうぎょ》なことばの端々が、いきいきとよみがえってくる。

どの人もなつかしく、もう一度逢いたい人ばかりである。

長く生きた余徳といえば、それらの人々のなまの肉声を聞き、かざらない表情をじかに見たということが最高であった。

自分が小説家としての道を選んだため、その多くが作家や芸術家であったことも、自慢の一つである。

今や歴史上に名を止めた偉大な作家たちに逢えたということは、宝物のように有難い。

その人たちの記憶を、老い呆けてしまわない前に、書き残すチャンスを恵まれたことも、また望外の喜びであった。

日本経済新聞に毎週この随筆が連載されはじめて以来、私は駅や道端で見知らぬ紳士に呼びとめられ、

「日経のあれ、読んでますよ、面白いですね」

「奇縁まんだら愛読してますよ、ずっとつづけて下さい」

と話しかけられる。これまでの長い作家生活にはかつてなかった現象で、とても有難いし、

嬉しい。

書いているうち、私には彼等の死が信じられなくなってきた。

「こんなことあったよ、あのこと忘れているの？」

などと、死者の声がありありと私の書斎を訪れてくれることが多くなったからである。

彼等の記憶の方が、はるかに私の記憶よりいきいきとしているし、面白い。

こうして、私はちかごろでは、あの世からの声に助けられて「奇縁まんだら」をまだ書きつづけてている。

ここに一まず、前篇を一冊にして、上刊する運びになった。

「本はいつ出ますか？　待ってますよ」

そんな声も幾度となく聞いている。

更に愛読者の増えることを希《ねが》ってやまない。一人でも多くの人に、このすばらしい先達たちのことを思い出していただきたいからである。

またこの人たちを未知の若い読者たちにも、このすばらしい先達たちを覚えてほしいし、この人たちの造った日本の文化を、改めて誇りにしてほしい気持でいっぱいである。

二〇〇八年二月

奇縁まんだら

島崎藤村

永昌寺（岐阜県中津川市馬籠）

島崎藤村（しまざき・とうそん）

明治五年（一八七二）筑摩県馬籠村（現岐阜県中津川市馬籠）生まれ。本名は春樹。九歳で上京。明治学院に入学しキリスト教の洗礼を受ける。卒業後の二十六年、北村透谷らと雑誌「文学界」を創刊。三十年、第一詩集『若菜集』で浪漫派詩人として作家としての第一歩を踏み出す。小諸義塾教員時代に徐々に散文に移行、後に『千曲川のスケッチ』に入る随筆を執筆。三十九年、被差別部落出身の教師の苦悩を描いた『破戒』を発表、続く『春』、『家』などにより日本の自然主義文学を代表する作家となる。

大正二年から三年間渡仏し、帰国後『新生』を出版。姪との不倫事件による精神的危機を脱した。

昭和に入り、父をモデルとして明治維新前後を描いた『夜明け前』が歴史小説として高い評価を受ける。『夜明け前』が完結した十年、初代日本ペンクラブ会長に就任。十八年、七十一歳で逝去。

小説家藤村が美男であったから私は文学を志した

今年、私は満八十四歳である。数え年なら、この正月で八十六歳になっている。大正十一年五月生れなので、翌年九月一日の関東大震災は、子守の背にくくりつけられ、裏庭の真中で、たしかに天地の振動を感じとった、と言っても誰も相手にしてくれない。

三島由紀夫が生れた時、産湯を使った盥《たらい》の縁を見た記憶を書いたのを、小説家の大言壮語だと、一笑に付されている。嘲る方の神経が鈍感なので、物書きを志す人間は、人よりは鋭敏な感覚と強い記憶力を持っていても不思議ではない気もする。

大正、昭和、平成と三代も生きつづけた間には数え切れない人々とめぐり逢ってきた。縁に多少の差はあっても、どの人も私の人生を織りあげてくれた糸の一つであった。中でも、私が五十年余り、ひたすらペン一本にすがって小説家として貫いてきた道程で、めぐり逢った同業の人たちこそ、濃い有縁の有難い人であった。

文芸年鑑を頼りに、丹念に数え上げてみたら、文筆家で一言でも言葉を交した人の数は四百人に達していた。老耄《ろうもう》に頭を冒しきられないうちに、この人たちとの縁の糸をたぐっておきたいと思い立った。どの人たちも素晴らしい個性の強い人格である。今にして私は自分がこの人たちにつながる小説家としての道を、一度も迷わず歩き通してきたことに誇りと慶びを感じている。

徳島の県立高女から、東京女子大へ入学したのは、昭和十五年（一九四〇）で、日本じゅうが紀元は二六〇〇年と、浮かれ騒いでいた。大陸で戦争は始っていたが、いつでもどこでも勝った勝ったという大本営発表のニュースばかりで、危機感は稀薄だった。創立者が新渡戸稲造で、学長が安井てつのミッションスクールだったので、軍部に睨《にら》まれるほど自由主義だった。寮は個室で、隣室の大塚さんという上級生が、ある日曜日、お能に誘ってくれた。もうすぐ卒業というその人は女子大に課外教授に出張してくれていた喜多流のお能を習っていて、相当の腕前だという噂だった。

それまで田舎者の私は能の舞台を見たこともなかった。大曲の能楽堂につれられていくと、戦時中とも思えないように着飾った人々が、優雅に廊下で談笑していた。

その時、大塚さんが突然「あっ」と切迫した声をあげた。

「ほら、大変！　島崎藤村がきてる。ほら、ほら、あそこ」

興奮して、声も上ずっている大塚さんの横で、私はキョロキョロ目ばかり動かしていた。女性の多い見物人の中で、一人際だって目に立つ男性が私の目にも捕えられた。すっきりと痩《や》せぎすの背が伸び、白髪に近い髪が広い額を見せて後へかきあげられている。時は六月。白絣の上布に、夏袴をきりりとつけて、惚れ惚れするような美男ぶりであった。鼻筋が通って、眼鏡

も何やら上等そうにきゃしゃに見える。片手の扇子を何となくあしらいながら、誰とも話さず、すっと立ち尽している。誰かを待ってでもいるのか。陳腐な形容だが、白鶴のような、すがすがしい姿であった。そこだけ涼しい風が吹いているように見えた。

「あなた幸せね。こんなに早く世紀の文豪に逢えるなんて」

まだ声の上ずりがとれない大塚さんがいう。大塚さんは泉鏡花の熱烈なファンで、三畳の個室の壁一杯に、鏡花の全集や単行本を並べている人であった。

女子大に入学してすぐ、国文学の松村緑《みどり》教授が、新入の私たちを和ませるため、藤村の『若菜集』の中の「初恋」を口移しに教えてくれた。

まだあげ初めし前髪の
林檎のもとに見えしとき
前にさしたる花櫛の
花ある君と思ひけり

ゆったりとした節で、クラスじゅうの生徒が合唱すると、いかにものどかで素朴な青春の雰囲気が教室中を満してきた。

藤村は、若い私たちにとっては、『破戒』や『家』や『夜明け前』などの問題小説の大作家である前に、詩人であり、『千曲川のスケッチ』等の名随筆を書くエッセイストであった。姪《めい》と関係し、パリへ逃避したというスキャンダルも、藤村の作った小説のような感じで、なまなましくは受け取っていなかった。文学のために何人も子供を飢えさせたという話も、求道者のきびしい運命のように思いこもうとしていた。

いずれにしても、私は美しいナマの小説家をこの目で見た瞬間から、心秘かに念じていた「小説家になろう」という意志を、ゆるぎないものとしたのであった。

あの時、藤村でない別の小説家に遭っていたら、どうなっていたことか。

正宗白鳥

多磨霊園（東京都府中市）

正宗白鳥（まさむね・はくちょう）

明治十二年（一八七九）岡山県穂浪村（現備前市）生まれ。本名は忠夫。十八歳でキリスト教の洗礼を受けるが後に離れる。東京専門学校（早大の前身）卒。同校出版部を経て三十六年読売新聞社に入社。美術、文芸などを担当し匿名で評論・翻訳を発表。小説も執筆し、四十年「塵埃」で新進作家として注目を集める。同年、読売新聞社を退社、作家生活に入る。『何処へ』、『入江のほとり』など次々と作品を出版し、島崎藤村らとともに日本の自然主義文学を代表する作家となった。関東大震災後は『人生の幸福』など戯曲を積極的に発表。昭和に入ると、主に紀行文や随想、作家論や文芸評論を数多く手がけた。主な著作に『作家論』、『自然主義文学盛衰史』など。昭和十一年に発表したトルストイ論に小林秀雄が異議を申し立て「思想と実生活論争」が起こった。十五年帝国芸術院会員、十八年第二代日本ペンクラブ会長。二十五年文化勲章受章。三十七年、八十三歳で逝去。

美男でなくても、小説がうまくなくても、大評論家として名を残す

正宗白鳥の名前が、現実感を伴って、はっきり私の頭に印象づけられたのは、円地文子さんの話からであった。

島崎藤村より七歳も若いのに、私には白鳥はずっと年寄に思えて、あまり読みもしないまま、気難しい頑固じいさんのように思いこんでいた。

小説家とは思わず、評論家と決めこんでいた。正直、へぇ、まだ生きてたの？　という感じがしていた。

ところが、その正宗白鳥のことを、気位の高い円地さんが「白鳥先生」と敬い呼び、生涯の恩人だと話されるのである。

その時の円地さんは女流作家の中で、最も多作して、売れに売れている流行作家であった。女流文学者会の会長を何期も引き受けていて、私たちチンピラ作家の上に、隠然たる勢力を持ち君臨している人であった。谷崎潤一郎を小説家の大御所と呼ぶなら、円地文子さんは女性作家の大御所的存在であった。

円地さんはどこが気にいったのか、私を可愛がってくれ、気のおけない話相手にされていた。そんな時の話である。

「私が長い間、文壇に出られなくて冷飯食わされてた時代があったでしょ。戦後ようやく、書き出した時のことですよ。『女坂』を書いた時、白鳥先生がお手紙下すってね。あれはいい作品だってとてもほめて下すったの。それで私は背中を押されたような気がして、書いていく勇気と自信が出来たんですよ。白鳥先生のような偉い批評家にほめられて、まあ、どんなに嬉しかったか！」

円地さんは涙さえ浮べて、その時の感動を伝えてくれた。

「正宗白鳥って、小説うまいですか？　何だか下手みたいでしたけど」

「何をいうんです。あんなに小説のわかる人はいませんよ。批評家として、評論家として最高です」

いえ、私は批評や論説ではなく、小説のことを言っているのですがと反論したかったけれど、円地さんの表情を見てやめておいた。

それから改めて、現代日本文学全集の正宗白鳥篇など読み直した。やっぱり小説は今読むと旧臭《ふるく》さくて、退屈だった。

伊藤整によれば「観念の動きにおいて鋭く、描出の努力を伴わぬ」作家だという。

戯曲もたくさん書いているが、やっぱり面白いのは何といっても評論や批評であった。

私の大好きな近松秋江と親友だというので、急に親愛感が湧いた。夫人同伴で二度も世界一

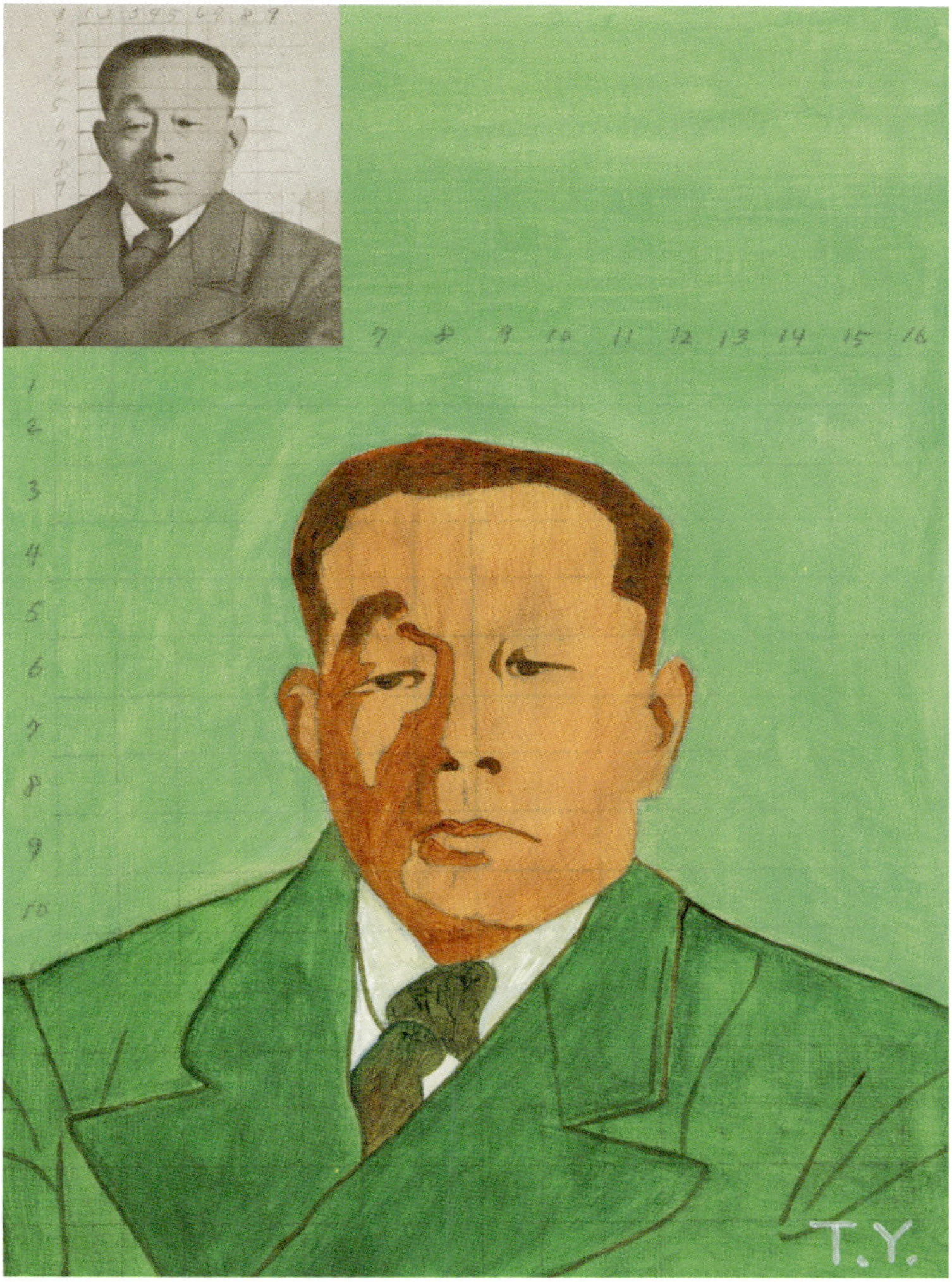
T.Y.

周をしているなど、フェミニストらしい。

そんなある年の女流文学賞の授賞パーティーの席であった。写真でしか知らない正宗白鳥の姿を群衆の中に見かけた。小柄だがしゃきっと背筋がのび、ぶっきら棒な顔つきで突立っていた。誰もそばへ寄りつかず、そこだけ空気が凍っているように見えた。

そこへ丹羽文雄氏が、やあやあという調子で近づいていった。私は丹羽先生主宰の後進育成の目的で発行されている「文学者」の同人に入れていただいているので、その背にくっついて行った。

白鳥氏は背の高い丹羽さんを見上げるようにして、相変わらず酸っぱいような面白くなさそうな顔で話しかけた。

「最近、君のことを書いた短篇があったね。女の作者が書いていた。あれはいいね。君のある面がとにかく目に浮ぶように書けている。面白かったよ」

それはこの私の作品であった。丹羽さんをモデルに書けといわれて「婦人公論」に書いたものだ。

丹羽さんは活字で読まれて
「まあ、他人が自分をどう見ているか、ということだな」

と苦笑しておっしゃった。おっちょこちょいの私は、二人の会話を聞いてたまりかねて、丹羽さんの背後から一歩前に出て、白鳥氏に向って言った。

「ありがとうございます。あれを書いたのは私です」

正宗白鳥のしかつめらしい顔に一種の愕《おどろ》きの表情が浮んだ。丹羽さんが、

「こういう女だもんで」

とでもいいたそうな、照れた困った表情をした。たしなめられたわけでもないのに、さすがに私は恥しくなったので、あわててその場を離れた。

円地さんを人群れの中に見つけたので、駆け寄って言った。

「正宗白鳥ってすてきですね」

「あら、いらっしゃるの」

「はい、あそこです」

「まあ、ほんとに。この会は中央公論主宰でしょ。先生は中央公論でずいぶんお書きになったのよ。そういうことに恩を感じて、義理をお立てになるの。昔の人はみんなそういう気遣いをしたものですよ」

円地さんは話しながら、もう正宗白鳥の方へ歩き出していた。

川端康成

川端家墓所

川端康成（かわばた・やすなり）
明治三十二年（一八九九）大阪市生まれ。十五歳で孤児となる。東大卒。在学中に第六次「新思潮」を創刊（同人に今東光ら）。卒業後の大正十三年、雑誌「文芸時代」を横光利一らと創刊、新感覚派を代表する作家となる。昭和二年『伊豆の踊子』刊行。初の新聞小説「海の火祭」を中外商業新報（日経の前身）に連載。東京朝日に連載した「浅草紅団」が評判となる。十二年『雪国』刊行。
戦後の主な著作に『千羽鶴』（芸術院賞）、『山の音』（野間文芸賞）、『眠れる美女』（毎日出版文化賞）、『古都』、『美しさと哀しみと』など。
長く文芸時評を書き続け、新人発掘の名人と言われた。三十二年、日本ペンクラブ会長として国際ペンクラブ東京大会を主催。三十六年、文化勲章受章。四十三年、日本人初のノーベル文学賞を受賞した。記念講演『美しい日本の私――その序説』は注目を集めた。四十七年、ガス自殺。七十二歳だった。

文豪は炎天の埠頭に立ち尽し妻の船出を見送る愛妻家

横浜の港の南桟橋に、白い巨体を悠然と横たえているのは、ソ連の船モジャイスキー号であった。ソ連と日本の定期航路がこの度開通し、その初めての航海の日に当っていた。

昭和三十六年（一九六一）六月のはじめ、快晴の空から太陽が強く照りつけていた。船の甲板の手すりには、中年から初老の女客たちが、せり合って折り重っていた。そこから見下す露天の桟橋には、見送り人たちが群をなしていた。人々の真中あたりに取りわけ目立つ一団がいた。川端康成、高見順、三島由紀夫という文壇重鎮の大作家たちで、そのまわりには各出版社の編集者たちが護衛のように集っていた。

船の乗客の中に、川端夫人秀子さんと高見夫人秋子さんがいられたから、そのお見送りの一団であった。三島さんは若々しい少女のような夫人を伴っていた。二人の結婚は川端夫妻のお仲人だからであろう。三島さんは真赤なシャツを着て、胸毛を黒々と衿もとから覗かせていた。

船客たちはモジャイスキー号の定期航路開通を記念して、日ソ婦人懇話会で、初の訪ソ団を組織した女性ばかりの団隊であった。日本各地から集められた人々である。団長はロシア文学者の米川正夫夫人だったので、文学者の夫人や、その春、『田村俊子』を出版して田村俊子賞を貰《もら》ったばかりの私も誘われたのである。石垣綾子さんや片岡鉄兵未亡人も参加されていた。

出発までの一カ月ほど、私たちは米川家に度々召集され、旅の心得など聞かされていたので、すっかり気心が知れていた。

船に乗る前、税関で荷物検査があった時、私の横で秀子夫人のトランクの開け閉めを手伝っている小柄な川端さんをはじめて見かけた。写真で馴染《なじ》んでいる風貌は白髪といい鋭い眼光の大きな目つきといい、そのままだったが、全身きゃしゃな川端さんは緑色の和服姿のたっぷりとした夫人より一まわり小さく見え、文豪の威厳はなかった。ただ上品なやさしい老紳士という感じであった。

秀子夫人が私に気づき手招きしてくれた。はりのある美しい声で
「おとうさま、瀬戸内さんよ」

と紹介して下さった。ふり向いた川端さんは、例の大きな目で、まじまじと私を見つめられた。初対面の編集者をいつまでも、じっと見つめて、一ことも口をきいてくれないので、気の弱い女性編集者は、よく泣き出してしまうと、つとに噂に高い凝視であった。でも私はなぜか少しも怖くなく、その大きな目を負けずに見つめ返した。にこりともしない川端さんは、だまってちょっとうなづかれた。

それが川端さんとの初対面の一瞬であった。

ソ連の船は時間などルーズなのか、出発時刻を二時間過ぎても一向に出発しない。一たん乗

T.Y.

船した乗客は船を降りられないという規則なので、私たちは手すりにしがみついたまま、ただはらはら見送り人を気づかうばかりだった。露天の埠頭はじりじりと太陽が照りつけ、さすがに人々は疲労をかくしようもなくなった。川端さんはとうとう後方の倉庫の壁にもたれ、しゃがみこんでしまった。子供が遊び疲れてしゃがんでいるような、心細そうな姿に見えた。

「おとうさま、もうお引き取り下さあい」

秀子夫人が美しい声でしきりに呼びかけても、じっと動かない。

ようやく船が動きだした時、見送りの人たちに支えられるようにして、いつまでも遠ざかる甲板の夫人を見つめていられた。

その翌年から、岡本かの子のことを「かの子撩乱」という題で、私は「婦人画報」に連載しはじめた。それを川端さんが毎回よく読んで下さっていると、秀子夫人が伝えて下さった。

かの子は歌人から小説家になろうと志した時、自分よりはるかに若い新進作家の川端康成の小説に感動し、小説の師と頼んだ。夫の一平は礼を尽してかの子をゆだね、高価な服や靴を次々康成に贈った。

「芸術家は上等の料理を食べ、いい衣装を身につけ、立派な家に住まなければ、豊かな作品は作れない」

というのが、一平の信念であり、それは若い康成に強い影響を与えていった。一平の信頼と厚遇を康成は生涯忘れず、一平、かの子の愛児太郎を、肉親のように扱い、面倒を見つづけた。

大作家になれば、お金持ちになれるんだなあ！

岡本かの子の実家のある二子玉川に文学碑が建つことになった。土地の有志たちから資金の寄付を仰ぎ、多摩川の畔に場所が選ばれた。建設委員の代表者を川端康成氏にお願いして、私が雑務の走り使いをすることになった。あんな不良少女の文学碑なんかに、どうして金が出せるかなどという意見も少くなかったが、川端さんが一応世話人会に顔を出して下さると、その威厳に打たれて、誰一人文句を言わなくなった。言葉は少いが、存在感が実に大きく、まさに文壇の大御所という重さを示していた。まだ誰もその人がやがてノーベル賞を受賞することなど夢にも想像したことのない時機であった。

その集りのはじめての会で、川端さんは部屋の隅にいる私の前に歩いて来られ、

「かの子のことで、色々お世話になっていて、ありがとうございます」

と丁寧にお辞儀をされた。私は恐縮の余り、ひっくり返りそうになった。横浜の南桟橋以来の出逢である。

それからしばらくして、同じ趣旨の毛筆のお手紙をいただいた。

岡本太郎さんの創ったモニュメント「誇り」が建った時、盛大な除幕式があり、川端さんと

亀井勝一郎さんが心のこもった祝辞を読みあげられた。

そんなことが縁になり、私は川端家へ時々招かれて遊びに行くようになった。川端さんを怖いと思ったことは一度もなかった。いつでも川端さんは機嫌よくされていて、私の顔を見ると、

「この不良め、また何をたくらんでいるの？」

などとからかわれるのであった。鎌倉の川端家の広い応接間は畳の間で、大きな床の間を背に川端さんは坐られ、客はその前にかしこまると決っていた。床の間には聖徳太子の童形の木像が置かれていた。訪れる度、そこには大きな油絵が無造作に立てかけられていた。ある時、ビュッフェの絵があったので、

「いいですね、お需《もと》めになったのですか？」

と訊いたら、

「いや、画商があれこれ持ってきて、置いていくだけだよ。一カ月もしたら取りに来る。買いたくなるのは、めったにない」

と、つまらなそうな表情でいう。その頃川端さんは、古筆に心が傾いているようで、

「この間、良寛のいい字を見つけて、買ってしまった」

など、いとも無造作にいわれることがあった。

その座敷で、私は宝石屋に出合ったことがある。皮のがっちりしたトランクを下げた男が、

KAWABATA
T.Y.

川端夫妻の前で、うやうやしくトランクを開けると、中には細いしきりがしてあり、その中に、びっしり宝石がつまっていた。私は本物の宝石がそれほど集っているのを初めて見たので、息を呑《の》んで見惚れてしまった。その宝石屋は、呉服屋と同じに、宝石の御用聞きに廻っているのである。

川端さんは、いつもの無表情な顔で、じっと宝石を見つめていたかと思うと、指をのばし、その中から、つい、ついと色とりどりの宝石をつまみあげ、宝石屋のささげ持った皮の皿に並べていく。ダイヤモンド、サファイヤ、エメラルド、ルビー、一つ一つ目のくらみそうな美しい輝きを放っている。

横から夫人とお嬢さまが、

「おとうさま、これは？」

と、別の石をつまみあげる。

「小さすぎる」

の一言で結局、十粒近くの宝石をその日のお買上げとなる。私は呆気《あっけ》にとられて、その様子を見ていた。小説家って、ここまで偉くなると、お金持ちなんだなあという感嘆の念で、たぶん、馬鹿のように口をあけて眺めていたのだろう。川端さんの美術や骨董趣味はつとに有名だが、宝石趣味についてはあまり聞いていなかった。

ソ連の旅から帰って、川端夫人が「あなたも小説家になったのだから、宝石の一つも身につけていなければ」

と、誕生石のエメラルドの原石をお世話してくれたことがあった。その時、川端さんが、

「瀬戸内さんは、まだ小説家になったばかりで、お金もないから、こんなもの買わせたら可哀《かわい》そうだ」

と夫人がいたく叱られたという。

女の怨霊がどう書かれたか、見たかった

川端康成さんが「源氏物語」の現代語訳を手がけられていたことはあまり知られていない。私はそれをこの眼で目撃している。

あれは川端さんが一九六八年（昭和四十三）にノーベル賞を受賞されてから二、三年たっていたかと思う。その頃、川端さんは京都へ見える時、よく祇園あたりから電話があり、京都の西大路御池通りに住んでいた私は、どんな用事をかかえている時でも、すべてを捨てて飛んでいった。川端さんがノーベル賞作家だからでも、文壇の大御所的存在だったからでもなく、ごく気のおけない異性の友人どうしのつきあいになっていたからである。

川端さんが京都の隠れ家にしたいという家を上鴨あたりに探しに行ったり、呉服屋の展示会

に一緒に看にいったり、美味《おい》しいものを食べ歩いたりした。全くの下戸なので、酒飲みの私を祇園で若い舞妓《まいこ》を呼ばれたりするための座持として誘われるのであった。ある時などいかにも素人の娘さんと見える若い人たちを六、七人もつれてお茶屋に上っているので、どういう御関係ですかと、私が目を丸くすると、

「いや、その辺りを歩いてたら、いつの間にかぞろぞろくっついてきたお嬢さんたちだ」

と事もなげにいう。彼女たちは川端文学の読者ではなく、ただ有名人好きの他愛ないお嬢ちゃんたちなのである。

そんなある日、都ホテルへ迎えに来いという電話なので伺った。部屋に通れといわれて入ったら、ドアから真正面の窓際の机の上に原稿用紙が広げられていて、今、置いた風情で万年筆が乗っている。あまり大きくない机の左側に、数冊の分厚い本が置かれている。すべて源氏物語の古註釈書であった。

「先生、源氏の訳なさるんですか?」

私が思わずすっ頓狂な声をあげると、

「ええ、まあ、やっぱりやってみようかと思って」

と、ちょっと口元をゆるめられた。

「三人の訳があるから、今更と思ったけれど出版社がきかないんで」

T.Y.

とおっしゃる。それからすぐ、前にも一度行った川端さんの京都の隠れ家探しに出かけたので、原稿用紙をそれ以上近づいて覗《のぞ》くことは出来なかった。上賀茂神社のあたりをぶらぶら歩きながら、川端さんの方から、源氏物語を話題にされてきた。

「与謝野さんのが一番簡潔でいいんじゃないですか。谷崎源氏は訳というより、原文そのままの感じがする。円地さんのは、あれは円地さんの小説源氏だね」

円地文子さんが源氏の訳業のため、私が東京の仕事場にしている目白台アパートに仕事場を持たれ、訳業専一にしていられることを、川端さんは先刻御承知のようであった。身近で私は円地さんの文字通り体をかけた難産ぶりをつぶさに見ているので、怖しくなった。円地さんは、網膜剝離《はくり》や心筋梗塞《こうそく》で、入退院をくり返されている。出版が遅れているのもそのせいだ。まだ出版されていない円地源氏もすでに見ておられるような口調であった。

その後、間もなくして、私は円地さんに直撃された。

「川端さんが源氏の訳を始めたとか始めるとか、あなた聞いてますか?」

私は反射的に、知らないと答えた。そう言わざるを得ない円地さんの語気だったからである。

「そんなこと出来っこありませんよ。そりゃあ大変な仕事なんだから、私を身近で見ててわかるでしょう。命がけですよ。ノーベル賞なんかで甘やかされている人に出来っこありません。もし、出来たら、あたしすっ裸で銀座をさか立ちして歩いてやるわ」

まさに柳眉《りゅうび》を逆立てた円地さんの形相が、なぜか私には可愛らしく見えた。

確かに川端源氏は日の目を見ず、一九七二年（昭和四十七）四月十六日自殺してしまわれた。円地源氏はその年の九月から、新潮社から発刊され始めている。

自殺された川端さんの仕事部屋の机の廻りに散乱していたのは、源氏の訳の原稿ではなく、岡本かの子の全集に寄せる川端さんのかの子文学への解説文の書き損じの原稿ばかりであった。

三島由紀夫

山中湖文学の森 三島由紀夫文学館
（山梨県山中湖村）

三島由紀夫（みしま・ゆきお）
大正十四年（一九二五）東京・四谷生まれ。本名は平岡公威。学習院中等科時代から詩や小説、戯曲を執筆。昭和十九年、東大入学直後に処女短篇集『花ざかりの森』を出版。川端康成の推薦で「煙草」を鎌倉文庫の雑誌「人間」に発表する。東大卒業後、大蔵省に入省するが翌年退職。二十四年の『仮面の告白』で文壇に確固とした地位を確立する。以後、『禁色』、『潮騒』（新潮社文学賞）、『金閣寺』（読売文学賞）、『美徳のよろめき』、『鏡子の家』、『午後の曳航』、『豊饒の海』四部作などの小説、『太陽と鉄』などの評論を次々と出版する。また『鹿鳴館』、『サド侯爵夫人』（芸術祭賞）などの戯曲を発表するだけでなく、演出家として活躍。映画でも監督、俳優を務めた。東大全共闘との討論やボディビルによる肉体改造など、行動が常に世間の注目を集めた。四十三年「文化防衛論」を発表し「楯の会」を結成。四十五年十一月二十五日、陸上自衛隊市ケ谷駐屯地で割腹自殺。四十五歳だった。

文豪になる前の三島さんに送ったファンレターが縁

三島由紀夫さんにファンレターを出したのは、一九五〇年（昭和二十五）で、私の二十七歳の時であった。私は二年前の二月、夫の許を出奔し、京都に住んでいた。駆け落ちするつもりだったが相手が来なかったのである。小さな出版社に職を得たが、程なくつぶれたので、京都大学附属病院の小児科研究室に勤めていた。

研究室からやがて図書室に移された。広い書庫は医学書で壁が覆われていたが、そこへ本を読みに来る医者や、医者の卵はほとんどいないので、私は閑《ひま》を利用して小説を読みふけり、少女小説を書いて、あてずっぽうに東京の少女雑誌に送りつけていた。

その頃、町の本屋で三島さんの新刊書『愛の渇き』が目につき買った。いつかは小説家になろうと企んでいた私は、すでに三島さんの「煙草」や『仮面の告白』を読んでいて、この人は天才だと憧れていた。

『愛の渇き』があんまり面白かったので、私は図書室の本の貸出し窓の前の机で、三島さんあてのファンレターを書きはじめた。それまで作家を一人も知らず、ファンレターなるものも書いたことがなかった。私は勤めの話を書き、いつか小説家になりたいと思っているなど書いたような気がする。もちろん、三島さんの小説の信者だということは強調して、どこが面白かったかということを書くのは忘れなかった。

その返事が来たのには驚いた。便箋に大きな力強い字でしっかりと書かれていた。小学生の優等生のような字であった。

自分はファンレターの返事は一切出さない主義だけれど、あなたの手紙はあんまりのんきで愉快だから思わず書いてしまったという書き出しであった。

それから文通が始った。私は少女小説のペンネームを決めようと思い、三つ名を書いて、そのどれかを選んでほしいと書いた。折り返し返事がきて、三つのうちの一つに大きな丸がつけてあった。三谷晴美で、私の生れた時の戸籍名でもあった。

「この名が必ず文運金運を招きます」

とあった。その後、追っかけるように、「少女世界」という雑誌社から、私の小説を採用するという通知が来た。急拠私はペンネームを三谷晴美にしてほしいと申しいれた。「青い花」という少女小説が載った雑誌を名付親に送りお礼を書いた。すぐ返事がきて、

「とにかくおめでとう。こういう時は名付親に対して気持ばかりのお礼をするものですよ。ハハハ」

とあった。私は頭をひねった上、週刊誌に三島さんがその頃、ピースの缶入を愛飲していると記事を見ていたので、青いピース缶を私としてはフンパツしてたくさん送った。

MISHIMA
MISHIMA
MISHIMA
MISHIMA
MISHIMA
T.Y.

その返事には、

「兼好法師は『ものくるる友』をよき友に数えていますね」

とふざけた調子で書いてあった。

不思議なことに、それからたてつづけに送りつけておいた少女小説がみんな採用されることになった。もちろんペンネームは三谷晴美で統一した。

一篇の原稿料が、当時の私の給料よりずっと多い。

そそっかしい私は、もうこれで食べようと決め、さっさと京都を引き払って上京し、三鷹下連雀の荒物屋の一間に下宿した。

そのすぐそばに太宰治と森鷗外のお墓のある禅林寺があった。

私はその二つの向いあった情景を早速三島さんに報告した。

「私は鷗外先生を非常に尊敬しています。太宰はきらいです。お詣《まい》りする時は、太宰のお墓にお尻を向け、鷗外先生にはお花を奉って下さい」

と返事がきた。太宰の墓前で田中英光が自殺したのは、まだなまなましいニュースだった。

私は閑なので毎日のように禅林寺に出かけては、太宰と鷗外のお墓に両方とも丁寧にお詣りし、文運にあやかりますようにと祈っていた。

太宰の墓前にはいつも花やお酒や、お菓子があふれていたが、鷗外先生の堂々とした墓前には、いつ行っても誰も詣った気配はなかった。中村不折の森林太郎墓という高雅な字が孤高を誇っているように見えた。

この頃、『禁色』が完成した。お祝いに、下宿の店で買った線香花火を焚いたと知らせたら、「花火」がひどく気に入ってくれ、『禁色』が書き上る前に死ぬのではないかという予感を持ちつづけていたと、この小説への並々ならぬ思い入れを、打ちあけてくれていた。

ボディビル、前と後の大変化！　天才の肉体コンプレックス解消

三島由紀夫さんがボディビルで肉体の改造をしたことは、つとに有名な話だが、私は改造前の三島さんに一度だけ逢っている。まだ緑ケ丘の旧《ふる》いお家に御両親と住んでいた頃で、一度だけ招かれて私はお宅に伺ったことがある。文通はしていても初対面で、私の方はたいそう緊張していた。玄関脇の小さな部屋で待つほどもなく現われた三島さんは紺絣《こんがす》りの着物を裾《すそ》短かに着て、まるで書生っぽく、まぶしいほどの流行作家とは見えなかった。どうかした拍子に覗《のぞ》く胸元の胸毛の濃さと、立居の折に見える貧相な葱《ねぎ》のような脚に似合わない堂々とした体毛に圧倒された。顔色は蒼《あお》白く、体つきもきゃしゃで、濃い体毛を見なければ、女性的といえる体つきであった。

ただ向かいあってひたと見合せた二つの瞳がきらきらと暗闇の猫の目のように金色に輝いて

いて、その光の強さに思わず目を伏せずにはいられないほどであった。ああ、これが天才の目というものかと、私はひたすら感動してしまった。その後もあんな目をした人に出逢ったことがない。お互い手紙の中のふざけた調子は忘れ、ひどく生真面目《きまじめ》な話をしたように思うが、よほど上っていたのか、今、何も覚えていない。

その後間もなく芝居の招待を受け、そこで母上と、まだ学生服の弟さん千之さんに紹介された。

その後新築された世評に高い豪壮な洋館には一度も行ったことがない。

大人の小説を書いて作家の末端を汚すようになってからは、こちらの方で遠慮して、つとめて距離を置くようにした。

もう新刊書の批評や感想などはふっつりと送らなくなった。それが礼儀だと思った。それでも文壇のパーティーなどでは、たまに顔を合わすことがあると、遠くから目礼を交しあって、それで十分心が充たされた。

三島さんのボディビル変身は、マスコミでも好個の題材で、よく取りあげられていた。

確かに三島さんは変身した。身長を伸ばすことは無理だったが、筋肉が隆々とついて、顔付も精悍《せいかん》になった。

小説は相変らず毎月の文芸誌を飾っていた。そんなころ河出書房の「文芸」誌上で、「源氏物

T.Y.
Y. MISHIMA
by
E.HOSOE
Ordeal by Roses

語」について、竹西寛子さんとともに鼎談《ていだん》する機会が恵まれた。これは私も作家として、三島さんと同列に並んだことになる。京都からの長い歳月をふりかえると、感無量であった。

その日、身近に変身後の三島さんをじっくり眺めた。三島さんはびっくりするような大きな声で、よく喋《しゃべ》り豪傑笑いをした。出された会席料理をすべて平らげたあと、ビフテキを二枚追加させた。もちろん、竹西さんも私も啞然《あぜん》としてその健啖《けんたん》ぶりに見とれていた。

三島さんは、すでに出揃《そろ》った三人の先輩の現代語訳について、確信を持った厳しい批評をした。

「与謝野源氏が、まちがいもあるし、省略も多いけれど、読み易い点では一番でしょうね」

とほめた。全く源氏を知らない者が源氏に入っていくにはあれでいいと言いきった。

雑談に入った時、ボディビルで思考も変るかと訊《き》いた時、変ると答えた。食物について話が及ぶと、もっと日本の作家も肉食をしないと、外国の作家に負けない骨太なしっかりした長篇など書けないと言った。

美輪明宏さんは若い頃三島さんとずいぶん親しい関係だったので、ボディビル前の三島さんの肉体コンプレックスがどんなに強かったかを、話してもくれたし、著書にも書いている。

抱きあってダンスをしている時、三島さんの肩パットの厚さに気づいて、「体はどこにあるの?」とからかったら、いきなり顔色を変え、その場から居なくなったという。

舞台で歌を唄《うた》いたいというので、美輪さんがつきっきりで猛練習の特訓をして、どうにか舞台に上れたという。歌は下手だったと美輪さんは笑った。
横尾忠則さんも上京してグラフィックデザイナーとして立ち上った頃から、三島さんに可愛がられている。横尾さんは
「礼節というものを、教えられた」
と、今でも三島さんとの交流を心からなつかしがっている。美輪さんにしろ横尾さんにしろ、それぞれ天才的な才能を持った芸術家である。いち早くその才能を認め自分よりはるかに若い青年を、心をこめて育《はぐく》んでいた三島さんの好奇心に今更ながら愕《おどろ》かされる。もし、二人が美少年でなかったら、もちろん三島さんは見向きもしなかっただろう。

ノーベル賞がふたりの大作家を自殺させたというミステリー

三島由紀夫さんが一九七〇年（昭和四十五）十一月二十五日、あの衝撃的死を遂げた後で、よく人の口に上った話があった。

もし、川端康成さんがノーベル賞を貰《もら》わず、三島由紀夫さんが貰っていたら、二人は自殺しなかったのではなかったか、という憶測だった。

過ぎ去った歳月と、そこに起った事件は、誰の手でも消すことが出来ない。

三島さんは楯の会の青年たちと、市ケ谷の陸上自衛隊へ討入りして、切腹して、首を同志に

介錯《かいしやく》させるという時代錯誤的自殺を実行してしまった。

たまたま、私は京都の自宅のテレビで、その一部始終を見た。鉢巻をして、宝塚の衣裳みたいな楯の会の制服を着て、自衛隊の建物のバルコニーに立ち、腕を振りあげ絶叫している三島さんの映像を見た時、テレビドラマに出演しているのかと一瞬疑ったくらいだった。これも絶叫に近いアナウンサーの解説の声で事実とわかり、体が硬直してきた。床に転った生首まで一瞬映されていた。

こんなことがあっていいのかと思う一方で、ああ、とうとうと、どこかでこの非現実的な現実を早くも納得し、受け入れかけている自分にうろたえていた。

ここまで思いつめていた三島さんの絶望と孤独に、誰も気づいていなかったという事が、恐しくてたまらなかった。

あれから三十五年が過ぎた一昨年のある日、私は神奈川県の近代文学館で催されている三島さんの没後三十五年の展覧会を見ていた。

なつかしい、いきいきした写真が一杯飾られて、おびただしい著書や、原稿や、写真や身の回りの品々が陳列されていた。そこにはおよそ三島さんの生きていた姿など見たこともないような若い青年や少女が大勢来て、珍しそうに陳列ケースを見て回っていた。死んで三十五年も経って、こんなに人を集められる三島さんの人気が眩《まぶ》しかった。

魅死魔
幽鬼男
T.Y.

私はよく冗談に、日本の作家は死んだあとも忘れられたくなければ、自殺するか心中するかだなどと、不謹慎なことを言ってきたが、三島さんの何が現代の若い人の心を捕えているのか聞いてみたい気がした。

そのうち、熱心にケースの中を覗いていた二人づれが、あらという表情で、私の顔を見て話しかけた。

「これ、寂聴さんのハガキでしょ。晴美って、サインだけど」

私はあわてて覗きこんだ。そこには黄ばんだ私の三島さんあてのハガキが出品されていた。それを見て一挙に色んなことが思い出された。

「英霊の声」が河出書房の「文芸」に載った時、私がすぐ三島さんに出したものだった。私はあの作品を読んだ時、全身にゾクゾクと寒気が走り肌が粟だってきた。暗い海上にずらりと並んだ英霊たちの姿や顔が、私にははっきり見えてきた。

それは能の船弁慶のような感じで、すごいリアリティで迫ってきた。そういうことを私は書いた。

そのハガキを三島さんがとても喜んでいられたと、当時、「文芸」の編集長だった寺田博さんが、すぐ電話で伝えてくれた。三島さんからも返事が届いた、あれは何かが憑《と》りついたように、夢中で一挙に書いてしまった。あんな経験ははじめてだということだった。

今にして私にはよくわかってきた。あの討入り事件は、「英霊の声」から始ったのだということが。

今、私が東京の常宿にしているホテルは、三島さんもよく生前仕事をしたホテルだと聞いている。自衛隊に討入りする前は、同志たちはこのホテルの三島さんの部屋に集って、椅子に、長官を縛りつける練習などしたと、楯の会の隊員が、話していたとか。

川端さんがノーベル賞を受賞した時、ニュースを見た円地文子さんが目白台アパートを二人とも仕事場にしていたので、早速電話をかけてきて、

「一緒にお祝いに伺いましょう」

と誘ってくれ、二人で、鎌倉の川端邸に駆けつけた。

報道陣はもう集っていたが、お祝いの客は、私たちがほとんど一番乗りの感じだった。そのうちたちまち客間は祝い客で一杯になった。川端さんは始終にこやかで、秀子夫人は直径一センチもありそうなダイヤの指輪をしていられた。そこへ、ダークスーツの三島さんが、小脇に洋酒らしい箱をかかえて現れた。

カメラの砲列が一斉に、川端さんと三島さんを取り囲んだ。三島さんは青白い頬をちょっと引きつらせて、正座し、両手をつき、

「この度はおめでとうございます」

と、古武士のような行儀のいい挨拶《あいさつ》をした。
思えば、私は共に自殺した大文豪の世紀の対面の場を目撃したわけであった。

谷崎潤一郎

法然院（京都市左京区）

谷崎潤一郎（たにざき・じゅんいちろう）
明治十九年（一八八六）東京・日本橋区蠣殻町（現日本橋人形町）生まれ。東大中退。四十三年、小山内薫の第二次「新思潮」に和辻哲郎らと参加し「刺青」を発表。翌年「秘密」が永井荷風に激賞され文壇での地位を確立する。反自然主義的な作風は「耽美主義」「悪魔主義」と呼ばれた。大正十二年の関東大震災を機に関西に移住。『痴人の愛』、『蓼喰ふ虫』、『吉野葛』、『蘆刈』、『春琴抄』、『潤一郎訳源氏物語』（全二十六巻）、随想集『陰翳礼讃』などを刊行する。戦後は昭和二十一年から『細雪』（毎日出版文化賞、朝日文化賞）を刊行。以後の主な著作に『少将滋幹の母』、『潤一郎新訳源氏物語』（全十二巻）、『鍵』、『瘋癲老人日記』（毎日芸術大賞）、『谷崎潤一郎新々訳源氏物語』（全十巻別巻一）など。二十四年、文化勲章受章。三十九年、日本人初の全米芸術院・米国文学芸術アカデミー名誉会員となる。四十年、七十九歳で逝去。

文豪大谷崎の心を金縛りにした松子夫人の妖艶な声

昭和二十三年（一九四八）二月、私は夫と幼い娘と暮していた東京の家を出奔した。原因は私の不手際な恋のためであった。駆落のつもりだったが相手が来なかったので、ひとりで京都に住むはめになってしまった。

厳寒に着のみ着のまま、お金も配給票も持たず飛び出したので、とにかく職につかねばならない。

女子大時代の友人の下宿に転がりこみ居候しているうち、幸い小さな出版社に拾ってもらえた。

社長はじめ社員は私と同年輩で、文学青年の社長、フランスでも玄人好みのネルヴァルなんか出しているのでちっとも儲《もう》からない。一つ売れる文豪の原稿を貰《もら》いたいということになり、その頃京都に住んでいた谷崎潤一郎さん宅へお願いに行く役が私に下った。秘かに作家になる夢を持っていた私は、勇みたって出かけた。

谷崎さんは疎開先の勝山から二十一年五月家族ともども京都に移り、十一月に南禅寺の近くの家をもとめ、そこに住んでいた。

左京区南禅寺下河原町のその家は、南禅寺の門前から若王子の方へ行く道にあり、うしろに白川が流れていた。谷崎さんが「前《さき》の潺湲亭《せんかんてい》」と呼んで気に入っていた家だった。

訪れてみると、想像していたより小ぢんまりした普通の家構えで、玄関へはすんなり入れ、案内を請うと、すぐ写真で見覚えの松子夫人があらわれた。きっと書生かお手伝いが出てくるものと思っていたので、私はナマの松子夫人に、すっかりあがってしまった。美しく、色っぽさの匂うような人で、柔かな和服を皮膚のように着こなしていた。

「いらっしゃい。どちらさん？」

なんどりした大阪弁で、広くもない玄関の上り口に坐って、土間につっ立った私を見上げる形で問われた。私は作ってもらったばかりの自分の名刺と、会社の既出版物を刷ったパンフレットをさし出した。

「はあ、それで？」

夫人はあくまでなんどりした口調で、柔かな表情を崩さず訊《き》かれる。私は勇を鼓して、一気に要件をのべた。

「はじめてお伺いして、あつかましいのは重々承知しておりますけれど、谷崎先生のお原稿が何とかして一枚でも頂戴できないものかと、お願いに伺えと申しつかってまいりました。小さな会社で、若い者ばかりでやっておりますけれど、社長の親が大きな紙問屋でして、紙は不自由しておりません」

ANIZAK
T.Y.

その頃は紙不足で、出版社はどこも紙に困りきっていた。

「はあ。そらご苦労さんですなあ。でもうちは今、仕事たんとかかえておりまして、今のところ新しいものはみなさんお断りしてますので。すみませんなあ。せっかくお越しいただいたのに」

ああ、この口調が大谷崎の心を射抜いたのだなと、私はうっとりした。断られているのに、何か話を承知してもらったような気分にさせる不思議な口調であった。男なら、この話し方だけで、体じゅうに柔かな肌をすり寄せられたように思ってしまうのだろうと、いたく納得してしまった。人妻であった松子夫人に、妻ある身の谷崎さんが夢中になって、何年もかけて、手に入れた不倫の恋の顚末《てんまつ》の始終が、華やかに頭を駆けめぐった。

「すんませんなあ」

という声に送られて、つまり物の見事に断られたのに、妖しい美味《おい》しいお酒を呑《の》まされたような気分になって、私はほとんどスキップしたい足どりであった。

その前年、水上勉さんが、やはりさる出版社の記者として伺い、奥の書斎に通され、谷崎さんと直接会ってもらえたと知ったのはずっと後のことであった。


前掛けをした文豪ってカワイイ！　文豪に逢うのは蛮勇がいる

この稿の挿絵を引き受けて下さっている横尾忠則さんから、電話があり、

「谷崎は難しいね。たいした美男子だなあ。ハンサムって描き難いのよ、特徴がないから」という。たしかに谷崎はハンサムである。

背は低いが、（もっとも、明治生れの日本の男子は総じて背が低かったようだ）顔立ちは整っていた。御本人は六代目菊五郎に似ていると思っていたらしい。たしかにそう思って見ると似ていないこともない。

晩年は松子夫人の影響もあってか、生活の様式まですっかり関西趣味になり、和服を着て、三味線などひいていたが、若い頃はモダン好みで、洋服姿の写真が多い。それがまた似合っていた。つまり根っからのおしゃれだったようだ。

水上勉さんが、昭和二十二年、二月のはじめに南禅寺の家を訪ねた時は、黒っぽい着物に角帯をしめ、前掛けをしていたと、谷崎全集の月報に書いてある。前掛けをしているのが気になるが、たぶん、書斎で仕事をしている時は、前掛けをしていたのだろうか。その時の谷崎さんはずんぐり肥って、商家か檀家の御主人のような感じがしたと書いている。この時、鋭い目でじろりと見られて射すくめられたような気がしたともあるが、谷崎さんも川端さん同様、女に対しては、そんなに怖い目つきをしなかったようである。怖い目つきで、ああは次々女をくどける筈《はず》はないからである。

私の導師になっていただいた今東光師は、谷崎さんを陰でも「谷崎先生」と呼んで、尊敬しきっていた。

「あんな心の優しい方はいらっしゃらない」

と、毒舌で鳴らした今先生が、そう話される時は、顔つきまで和やかになっていた。

週刊誌に連載を始めた小説のモデルともめごとが起き、やくざが谷崎家に乗りこんできたことがあった。その時、今先生が日本刀をひっさげて玄関で仁王立ちになり
「てめえら一歩でも前に進んでみろ。おれがこの刀で叩っ斬ってやるぞ！」

と睨《にら》みつけたら、

「やつらがこそこそと逃げていったよ。その時、先生から強いんだねえってほめられた。先生はあれで、気が小さくて、その時とても怖がっていらっしゃった。おれは谷崎先生のためなら命をかけてもお守りするよ」

と、大真面目でおっしゃったのが忘れられない。

私が現実に谷崎さんの実物に逢ったのは、昭和三十九年（一九六四）の正月一日だった。その頃私は東京の文京区関口台町の目白台アパートに住んでいた。椿山荘の近くにあり、その頃はやりだしたマンションのはしりだった。入ってみたら、芸能人や、銀座のバーのマダムなども住んでいて、作家たちの仕事場にもされていた。

そこへ谷崎さん一家が越してこられたのだった。

T.Y.

最後のお住いになる家を湯河原に建てている間、臨時に住まわれたというわけらしい。
アパートのエレベーターに急に若い美しい娘さんが多くなったと思ったら、その人たちは谷崎さんの『台所太平記』に出てくるお手伝いさんたちであった。松子夫人と妹の渡辺重子さんも御一緒だった。地下に大きな部屋を二つ借りられ、六階に仕事部屋を一つ持たれている様子。私の部屋も六階で、エレベーターを降りると、谷崎さんの仕事部屋の前を通らなければ、自分の部屋に辿りつけない。私はそのドアの前を、足音をしのばせて息をつめて通りすぎていた。時たま、「あやかりますように」とドアを撫で、その掌で自分の頭を撫でていた。

お手伝いはよく見かけるが、谷崎夫妻には出逢ったことがなかった。

三十八年も暮れて、三十九年の新春を迎えた時、ふと窓から外を見ていると、アパートの入口で車を降りる舟橋聖一さんの姿が見えた。私はたちまち身をひるがえして廊下を走り、エレベーターで階下にとんでいった。

「先生！　おめでとうございます。谷崎先生のところにいらっしゃるんでしょう。私もつれてって下さいませんか」

舟橋さんは呆れたように私の顔を見たが、

「谷崎先生に伺ってからでないと。あなたの部屋は何番ですか」

と、言い捨てたまま、さっさと地下へ降りていった。

大谷崎はお弁当も吉兆　指先のない手袋の贈り主は？

「先生がお逢い下さるそうですから、すぐ来なさい」

電話が部屋にかかり、舟橋さんの声でそう言われた時、自分で頼んでおきながら、夢ではないかと思った。

廊下を走り、エレベーターに飛び乗り、地下まで降り、谷崎さんの部屋に行きつくまで雲の上を歩いているような気持だった。

ドアをあけると、広いリビングに大きな応接セットがあり、右側の椅子に埋められたように小さな老人がかけていた。

机をはさんだ長椅子に、舟橋さんが向いあってかけていた。むつかしい顔をしたまま、舟橋さんが私を紹介してくれ、自分の横に坐れといってくれた。

はじめて実物の御本人に逢う緊張がとけた時、ようやく谷崎さんの姿がはっきり見えてきた。これまで散々見てきた写真の大谷崎の風貌とはあまりにちがった人がそこにいた。洋服でも和服でも、見るからに上等のものをおしゃれに着こなし、傲岸《ごうがん》な面魂を見せていた大谷崎はそこになく、綿入かと思われる地味な着物の上にちゃんちゃんこのようなものを重ね、柔和な顔付をした町の御隠居さんふうの一人の老人がそこにいた。

「奥さまがお出かけで先生おひとりなんだそうです」

舟橋さんが説明してくれたが、なぜか私の分もお茶とお菓子が出ていた。見えない部屋にお手伝いがいるのか。

谷崎さんの掌には毛糸のグレーの手袋がはめられていた。それは指先がなく、指の三分の一が外に出ている。何だか可愛らしい感じがして、威厳はますます失われ、次第に私もくつろいできた。

私は毎日、如何に緊張して谷崎さんの六階の前の廊下を通っているか、始終、私の部屋へ遊びに来る同業の河野多恵子が、熱烈な谷崎ファンで、あやかりますようにとドアにキスしたけれど、あとで気がつけば一部屋まちがっていた、などと話したら顔をほころばせて

「当らずといえども遠からずだ」

など、いかにも愉《たの》しそうにいわれた。その声も歯がないのかと思われるように年寄臭かった。舟橋さんは、はらはらしている様子だったが、私の話を谷崎さんが、さも面白そうに聞いてくれるので、ようやく安心した表情になってきた。

あとにも先にも、谷崎さんに逢ったのはそれ一回であった。

松子夫人とは、その後、親しくなり、谷崎さんが亡くなってからも、時折お目にかかり、人には語れないような内輪の話も打ち明けてくれるようになった。

目白台アパートの部屋に、吉兆のお弁当などさし入れて下さって、その頃、吉兆などの高級

After Yasuda
T.Y.

料理店は名だけしか知らない私は、仰天して味もよくわからないまま頂戴してしまった。谷崎さんの美食家であることは噂や御自身の文章によって知っていたが、普段のお弁当でも吉兆かと感じいってしまった。

松子夫人はおっとりした口調で、時々びっくりするようなユーモラスなことをさり気なく話す話術を心得ていられた。

京都暮しの時、ある有名な京女の艶福家が谷崎さんを征服してみせると乗りこんできた時、

「鼻息荒くその方が、主人の離れの書斎の方へ走っていかれたんです。わたし、その時、主人の貞操の危機よりも、生命の危機を案じましてねえ。主人はその前脳梗塞《こうそく》をしたあとでしたから」

そんなことをいう時も、優雅な表情や身のこなしはそのままだった。

松子夫人から私の出家した時、水茎《みずぐき》の跡も美しい巻紙のお手紙を頂戴した。

「……こういう方法もあったのに、なぜ谷崎が死んだ時、私はそれを思いつかなかったのでしようと、羨《うらや》ましく存じました」

という一節があった。

最近、谷崎さんの最後の想い人といわれている渡辺千萬子さんから伺った。

「あの指先のない手袋、あれ、私が編んであげたものよ」

佐藤春夫

龍蔵寺（和歌山県那智勝浦町）

佐藤春夫（さとう・はるお）
明治二十五年（一八九二）和歌山県新宮町（現新宮市）生まれ。慶大中退。中学時代から「三田文学」、「スバル」などに短歌、詩を発表。四十三年、中学卒業と同時に上京、生涯の友となる堀口大學を知る。大正七年、谷崎潤一郎の推薦で「田園の憂鬱」を発表し文壇に地位を確立。『美しき町』、『都会の憂鬱』などでたちまち流行作家となった。十年、処女詩集『殉情詩集』刊行、「秋刀魚の歌」を発表。
膨大な数の著作は多様多彩で、詩歌（創作・翻訳）、小説、紀行文、戯曲、評伝、自伝、研究、随筆、評論、童話、民話取材もの、外国児童文学翻訳・翻案などあらゆるジャンルにわたった。昭和二十八年『定本佐藤春夫全詩集』で、三十年『晶子曼陀羅』で読売文学賞受賞。
門弟三千人（井上靖、井伏鱒二、柴田錬三郎、檀一雄、安岡章太郎など）と言われる文壇の重鎮でもあった。三十五年、文化勲章受章。三十九年、七十二歳で逝去。

ロマンスのヒロインも歳月は肥ったおばさんにする

私が「女子大生・曲愛玲《チユイアイリン》」という小説で、新潮社同人雑誌賞をはじめて貰《もら》ったのは、三十五歳の時（一九五七年）であった。

その時の選考委員の中に佐藤春夫氏がおられて、強く推して下さったと、編集者から伝えられ、

「お宅へお礼に上った方がいいですよ」

と言われた。佐藤さんが、

「この人、別嬪《べつぴん》かい？」

と気にされていたと笑うのであった。それなら行かない方がいいんじゃないか。失望して腹を立てられたら、今後に影響すると私は迷った。

この賞は全国の同人雑誌から、一人ずつ応募した懸賞で、はじめ十人選ばれ、その後、その中から更に一人が選ばれ受賞者となる。私はそんな好運は全く期待していなかったので、十人に残った時はびっくりし、更に一人選ばれた時は気が遠くなりそうであった。

佐藤春夫といえば、門弟三千人という評判の大作家である。「田園の憂鬱」という小説で小説家になったけれど、もともとは詩人として出発している。私は少女時代から佐藤春夫の詩に傾倒して『殉情詩集』をそらんじたりしていた。

佐藤春夫を有名にしたのは、詩や小説の業績以上に、谷崎潤一郎との間での谷崎の妻千代の譲渡事件であった。

谷崎の妻千代は、谷崎と別れ、佐藤春夫と結婚するという公表文を新聞に三人連名で出したので、世間に大センセーションを巻き起こした。

今なら、テレビや週刊誌の特ダネ情報になって、湧きかえるところだろう。

春夫は紀州新宮の生れで、早くから上京し、裕福な実家から充分の仕送りを受け、優雅な学生生活を送る身分だった。大方の貧乏文学青年とは異なっていた。小説を谷崎に認められたのがきっかけで文壇に出て以来、谷崎とは心を許し合う仲になり、師弟というより親友として、谷崎の小田原の家へよく泊りにも行き家族同然の扱いになっていた。

谷崎には早くから千代という妻がいて二人の間には女の子も一人生れていたが、谷崎は千代の妹のせい子を引きとり同居させ不倫の関係になり、千代を次第にうとんじるようになり、ステッキで打擲《ちようちやく》するような暴行を加えるのが常になっていた。

おっとりした千代は、妹と夫の仲にも気づいていない。春夫はそんな不幸な千代に同情し、それはたちまち恋となって燃え上がる。

千代は芸者をしたこともあり、人の妾になっていた時もあった。古典的な垢ぬけた美人だったが、妹のせい子はまだ十六歳で、エキゾチックな風貌と美しい脚を持ったモダンで魅力的な

T.Y.

少女だった。谷崎は惚れこんだせい子を、その頃自分が凝っていた映画の女優として売りだしてやったりしている。

千代と春夫の恋に気づいた谷崎は春夫を絶交し、一時、春夫は谷崎の家を追われていた。堰《せ》かれてかえって恋は燃え上る。春夫は悲恋から生れる美しい詩を書き、千代に送りつづける。有名な「秋刀魚の歌」もこの時生れる。

春夫は悲恋の傷心をかかえて旅に出る。旅から帰った春夫に、谷崎は千代を譲ると持ちかけ、やがて三人連名の新聞発表となるのだった。その後、春夫と千代は添いとげ、千代は幸福な晩年を迎えていた。

私が関口台町の佐藤春夫邸を訪れた時、ハイカラな洋風の門は閉まっていて開かなかった。裏の方へ廻ったら、勝手口の木戸がすんなり開いた。そこは台所に直結していて、中からがらりと戸が開き、肥った初老の女が顔を見せた。気さくな気どらない表情で何の用かという。

私が恐る恐る来意をつげると、

「あ、そう。じゃ表の門をあけるからそっちへ廻んなさい」

と言う。その言葉づかいで、私はこの人があの話題の主の千代夫人その人だと直感した。

その時の驚きは今でも忘れられない。写真でしかしらない、あの楚々《そそ》とした和服姿の麗人がこの人とは。私は歳月の容赦のなさに愕然《がくぜん》として表門に廻った。

すぐ内から門があけられ、千代夫人の案内で玄関から居間へ通された。洋風というより中国風のインテリアの広い部屋で、奥へ入った夫人と入れちがいに佐藤春夫その人が現われた。写真で見馴れた通りの、高い鼻に眼鏡をしゃれた風にかけた独特な味のある風貌だった。和服を着ているのに、なぜかハイカラな臭いがする。私は賞のお礼を述べ、持参した賞品のオメガの目覚時計をお見せした。

折たたみになる赤革の、当時は珍しい時計だった。佐藤大先生は、時計を手にとり開いたり閉じたり、鳴らしたり、子供のようにいじり廻す。茶菓を運んで下さった夫人にも見せ、さも欲しそうな表情をする。

複雑怪奇な小説家ならではの四角関係

今にも、この時計を置いていけと言われるのじゃないかと、はらはらしていたら、台所の方へ行かれた千代夫人が引き返してきて、

「水道がこわれたのを直しに来ているから、見てちょうだい」

と言われた。聞くなり、大先生は、いとも気軽にひょいと腰をあげ、いそいそと台所へ行かれた。夫人が急にいたずらっぽい若々しい笑顔を見せ、

「ああいうことをさせておくと、喜んでる。好きなの。時計しまっておきなさい」

とおっしゃる。びっくりしていると、間もなく大先生が戻られ、
「すぐ直ったよ。もう大丈夫」
と、本当に御機嫌な表情であった。
ああ歳月。この二人の間に、
あはれ　秋風よ　情《こころ》あらば伝へてよ
――男ありて　今日の夕餉《ゆふげ》に　ひとり
さんまを食《くら》ひて　思ひにふけると。
にはじまる哀切な詩が生れ、天下の人々の涙をそそったことがあったとは。
私は『ここ過ぎて』という北原白秋の三人の妻を描いた小説の中で、この谷崎、佐藤、千代の三角関係のてんまつをくわしく書いている。たまたま、白秋が二人めの妻の章子と小田原に棲んでいた頃、谷崎一家も小田原に移っていた。谷崎を小田原に誘ったのは白秋だった。谷崎と千代の間に生れた一人娘の鮎子が病弱だったので、空気のいい小田原への移住をすすめたのだった。白秋は妻の章子が恋愛事件を起し、逃げられるという不面目な事件に遭っていたが、谷崎や佐藤との交友の深まりに慰められてもいた。実は谷崎はこの頃せい子を葉山三千子の芸名で女優として売り出すことに熱中していたから、白秋の家庭のいざこざなどには上の空だった。
夫に見捨てられた千代の心に愛をそそぎこみ、生れてはじめてのまことの恋に目覚めさせた

T.Y.

のが春夫だったのだから、二人が生涯、仲よく暮したことはうなづけるが、天下に三人連名の結婚通知を発表した手前もあって、千代としてはこの結婚を全うしなければならない意地もあったのだろう。

ところが、更に後年、私はこの人たちのことを『つれなかりせばなかなかに』という作品に取りあげて熱をこめて書いている。その動機は、谷崎潤一郎の末弟終平が書いた『懐しき人々兄潤一郎とその周辺』という本によって、春夫と千代の結婚の直前、実は、千代は別の若い男、和田六郎という者との結婚話を、夫谷崎によって進められ、六郎の家族もそれに同意して、結婚式の打合せまでに至っていたという事実を知らされたことだ。

私は愕《おどろ》きの余り茫然とした。こんな事実を知らず、ただ公表された妻譲渡事件を鵜呑みにしてきたのだ。小説家としては、この事実を、作品として書き直さなければおさまらない。

幸い私は努力の甲斐あって、和田六郎の子息和田周氏にめぐりあえた。新劇の俳優の周氏は、知っているすべてを惜しみなく私に話して下さった。その実話は、小説よりずっと奇なるものであった。

和田六郎は文学青年で、谷崎の許に弟子入りした。六郎の父和田維四郎《つなしろう》は『広辞苑』にも、『日本史大事典』にも載っている大物で、「鉱物学者、東京大学教授、日本鉱物学の先覚者」という人物であった。死亡記事が「萬朝報」全段抜き第一面を埋めたといわれている。家も日本ではじめてのコンクリート建とか。裕福な名家に育った六郎は美貌で、谷崎家に現われた青年時代、歌舞伎の福助か、ロバート・テーラーかといわれる美青年だったという。小説家志望の六郎は住みこみの谷崎家の秘書のようになり、年上の千代と恋愛関係になっていた。

千代は佐藤春夫とはプラトニックだったが、六郎とは肉体関係があったらしく、谷崎は例によってそれをけしかけるようにした上、あまつさえ、妻と六郎の不倫を同時進行形で新聞に連載した。それが名作の名の高い『蓼喰ふ虫』になった。

しかもこの二人の関係を谷崎は隠さず最終的には佐藤春夫に報告している上、いよいよ六郎の兄が来て、二人の結婚が決ったから、遊びに来てほしい、温泉にでも行こうなどと手紙を出している。

春夫が来て、六郎、千代の結婚話はつぶされ、春夫、千代の結婚が新聞に報道されたのである。小説よりもはるかに数奇な物語であるまいか。

六郎は、後にこれまた絶世の美女（人妻）に恋をして、彼女と略奪結婚し、周が生れている。その後、六郎は佐藤春夫に私淑して、千代と春夫の家庭を家族づれで訪れ、親類のように扱われている。春夫の推挙で世に出た六郎は、大坪砂男のペンネームで、ある時期、鬼才、天才の名を得た推理小説の作家になっていた。

悪魔主義作家狂想曲ヘンタイ調

劇団「夜の樹」の主宰者でもある俳優和田周氏の話によれば、周さんの幼い頃、美しい母親徳子《のりこ》は「お父さんと佐藤先生の奥さまは心中しそうになった仲だったのよ」と話したそうだ。心中の意味のまだ理解出来なかった子供の周も、佐藤春夫と千代が疎開していた信州佐久の横根の借家に家族で訪ねた時、佐藤夫妻はたいそうあたたかく迎えてくれ、和田六郎に対しては、二人とも過分にいたわりの心づかいを見せていたと感じている。子供の目に千代は、ただの中年の美しくないおばさんで、父と心中しそうなロマンチックな大恋愛をした相手とは、とても思えなかったという。

千代は、さばさばした気っぷのいい人で、村をかけ廻って、肉や鶏や卵を手品のようにかき集めて惜しみなく御馳走してくれた。終戦後の食糧難の時だったので、その手料理の御馳走はすばらしく魅力があった。

「その時、じっと観察していると、いつでも肉が、父の皿だけ一番大きく厚いんですよ。千代さんはそれをつけ合わせのサラダなんかで、かくそうとする。ぼくが父にずるいやとこっそり言うと、父が照れた顔をして、ぼくの頭を掌でぐいぐい押しつけるんです」

六郎は佐藤春夫に師事して三年めに許可の貰える小説が書け、春夫の世話で雑誌にのった。ペンネームを大坪砂男とした。

T. Y.

それが代表作となった「天狗」という短篇だった。

一時は売れたが、すぐ忘れられてしまい、さる流行作家のエロ剣豪小説のゴーストライターなどしていたという。

大坪砂男の七回忌に、彼の小説をこよなく愛した澁澤龍彦の斡旋でA５判六八〇頁余りの二冊本の豪華な全集を出版されている。

澁澤は短篇集『私刑《リンチ》』を表紙がすり切れるほど愛読したという。そして大坪砂男の本質は推理作家というより、ヴィリエ・ド・リラダンやエドガー・ポー風のコント・ファンタスティックの系列に属すると讃美している。

死因はガンで、手術をこばみ断食して、従容と死んでいったという。実生活で、どんなに貧乏してもダンディを押し通した生き方をして、死までダンディズムの美意識で飾って往った。享年六十。

砂男は原稿料が入っても、一人で使い果し、佐久に残している家族に仕送りをおこたって平気だった。妻の徳子との仲はしっくりいかず、他に二人の女にも子供を産ませていた。

それでも徳子には千代との関係をこと細かく話している。自分が結婚のどたん場でふられたように伝っているが、そうではなく、佐藤春夫を谷崎が呼んだ時、千代が泣いて相談したという話を終平から知らされて、自分より春夫を信じているかとかっとなり、その場で絶縁状を書き送ったので、捨てたのは自分だと言っていた。

千代は六郎の子を流産しているくらいだから六郎への想いは春夫との結婚後も尾をひいていたらしく、徳子はある日呼びつけられて、

「六郎さんは天才なのよ。でも生れも育ちもお坊ちゃまだから、なまけ者なんです。あなたがしっかりそばについていいて書かせなきゃだめじゃないの。子供なんか捨てておいても、あなたは東京へ行って夫を監督し、書かせるべきです。もう、うちへは来ないでちょうだい」

と、お出入り禁止を宣言された。徳子は中学生になった周に話している。

「佐藤先生は、佐久でも熱烈な恋文をやりとりするお相手があったのよ。それなのに私にも変な気を持たれたの。お千代さんの留守の時、こたつの中で先生が私にラブレターを渡そうとしたから、そんなの困りますって、こたつの中でもめていたら、そこへ奥さんが帰ってきて、何か誤解してしまったの。恐い顔でにらまれて、どうしようもなかった」

またある時はこんな話をした。

「谷崎先生がね、お千代さんを嫌ったほんとの理由はね、谷崎先生は体の冷たい女の人がお好きなんですって。そういう女を自分がじっくりあたためてやるのがお好きなんだそうよ。お千代さんはあいにく体が温かだったんですって」

「誰がそういったの」

「おとうさんよ」

春夫は一九六四年、七十二歳で他界。砂男は一九六五年、六十歳で死亡。同年半年後には谷崎が死亡している。千代は三人を見送った後十七年生きのび、一九八二年、八十五歳で大往生をとげている。

舟橋聖一

多磨霊園（東京都府中市）

舟橋聖一（ふなはし・せいいち）

明治三十七年（一九〇四）東京・本所生まれ。水戸高時代に小山内薫の門下生となり、東大入学後、河原崎長十郎らと劇団「心座」結成。大正十五年、戯曲「白い腕」が今東光に認められ文壇に出る。昭和五年、今日出海らと劇団「蝙蝠座」結成。小林秀雄、井伏鱒二らと新興芸術派倶楽部結成に加わり、小説も発表し始める。雑誌「行動」を創刊、行動主義を唱えた。戦前・戦中の主な著作は『岩野泡鳴伝』、『悉皆屋康吉』など。

戦後、日本文芸家協会を再建し初代理事長となる。『雪夫人絵図』や二十七年の『芸者小夏』から十年連載が続いた夏子もの、最初のＮＨＫ大河ドラマ原作となった『花の生涯』、『新・忠臣蔵』（全十二巻）などで流行作家となる。他の著作に『ある女の遠景』（毎日芸術賞）、口述筆記で完成した『好きな女の胸飾り』（野間文芸賞）など。大相撲横綱審議委員会委員長など社会的活動にも積極的だった。五十一年、七十一歳で逝去。

舟橋立女形はトイレも女用

　舟橋聖一さんと丹羽文雄さんは明治三十七年（一九〇四）生れの同い年である。丹羽さんが十一月二十二日、舟橋さんが十二月二十五日生れで、ほぼ一カ月丹羽さんがお兄さんということになる。舟橋さんをクリスマスにちなんで聖一と命名したハイカラな父上は欧米に留学した東大の教授であった。母方の外祖父が、明治三十年の足尾銅山の鉱毒事件で、経営者側の中心人物で、世間の非難の的になった近藤陸三郎氏であった。

　母方の祖父母にこよなく愛された舟橋さんは、幼い時から相撲や歌舞伎になじんでいた。水戸高時代から戯曲を書き、河原崎長十郎を中心とした新劇団「心座」を結成している。ただちに舟橋作戯曲「痼疾《こしつ》者」が新橋演舞場で上演されているから、劇作家として出発した。小説は東大に入ってから書きはじめている。

　私は小説家を志してうろうろしていた頃、舟橋さんの傑作と呼ばれている『悉皆屋《しっかいや》康吉《こうきち》』を読み、すっかり傾倒してしまった。その人が「岩野泡鳴」を好きで、『岩野泡鳴伝』を書いているのを知った時は、ますます舟橋文学に惹かれた。私も岩野泡鳴が好きだったから。

　ところが、ふとした成行で、丹羽さんの主宰する「文学者」に入れてもらい、そこを文学の足場とすることになったから、舟橋さんに縁はなかった。何しろ、当時、この二人は文壇で一、二を争う流行作家で、毎月の新聞の雑誌広告欄には、二人が左右の柱となって白抜きの大活字で並んでいたので、何となく、世間が二人をライバル仕立てにして面白がる風が生れていた。丹羽さんは大らかで、そういうことを気にもかけない人物だったが、舟橋さんの方がずいぶん意識しているという風評だった。丹羽さんのところに早稲田派の作家や、「文学者」の同人たちが集ると、舟橋さんの方には新進の作家たちが毎月日を決めて集り、舟橋さんの御馳走になっているという。

そのうち、私も小説家ののれんをかけるようになった頃、文藝春秋が毎年催している「文士劇」に出演しろといってきた。

東宝劇場で、大入満員のその芝居は、毎年大好評だった。何しろ、小林秀雄が「父帰る」に主演したり、三島由紀夫が「弁天小僧」に、石原慎太郎が「坂本竜馬」になったりする。ただし、この芝居はあんまりうまいと面白くなく、下手なところがお愛嬌で、せりふを忘れて立往生したりすると大うけする。私は「河内山《こうちやま》」の腰元浪路の役であった。川口松太郎さんが演出の総指揮、河内山にもなって出演する。

舟橋さんは三千歳。舟橋さんは文士劇では立女形で、楽屋には名前を染めぬいたのれんをかけ、ざぶとんやら茶道具やら、鏡台や机も立派なものを持ち込む。御自分は全身これ歌右衛門のつもりで、廊下を歩く足つきもすっかり女形風である。

F
T. Y.

歌舞伎座から本職の役者さんが稽古《けいこ》をつけに来てくれるがわずか三時間ほど。私のような端役は三十分くらいしか教えてくれない。舞台稽古の時、あんまりみんなが下手なので、私は舞台で手をついた姿勢のまま笑っていたら、川口さんの声がとんできた。

「瀬戸内くん、浪路は悲しいんだよ。にやにやするな！」

さていよいよ上演の二、三日前、かつら合せに来いとお達しがあり、指定の所にいくと、舟橋さんが、鏡台の前でかつらを合せていた。私などは、ちょいとかつらをかぶせられただけで終り、十分とかからない。舟橋さんは腰をひねって、合せ鏡をしている。まわりは床山《とこやま》が三人も侍《はべ》っている。さすが座頭女形の貫禄である。粋なちりめん浴衣を着た舟橋さんは、衿をぐっと抜き、しなを作っている。しかも、腰には腰ぶとんがしのばせてある。女らしく見せるため、お尻に肉をつけているのだ。

「はい、痛くないですね」

私がお先へと挨拶をすると、すっかり三千歳になりきった人は、しなやかに軀《からだ》をひねってふりかえり

「ああら、浪路さん、もうおすみ？　ごくろうさまね」

もうすっかり女形の声色であった。芝居の間、舟橋さんはトイレも女用を使うのだと、専《もっぱ》らの噂であった。

偉人は時たま奇人と呼ばれる

舟橋さんの源氏物語への造詣は一通りではなく、戦前、三十四歳頃から、「婦人公論」に「新風源氏物語」を短期連載したのを始めとし、戦後は『源氏物語草子』『世界名作全集　源氏物語（上、下）』を発刊している。

最後は一九七〇年（昭和四十五）七月号から一九七六年（昭和五十一）三月号まで、雑誌「太陽」に六十九回にわたって「舟橋聖一　源氏物語」を連載している。これは作者死去によって「松風」までで中断した。その年の十二月には函入り二冊セットの立派な本になって出版された。これが遺稿になった。それほど舟橋さんは源氏物語に力を注いだのである。

ところが、この「太陽」連載が始まった時は、もう糖尿病から目を悪くされ、原稿はすべて口述筆記になっていた。

舟橋源氏の最後の作品は、訳というより考証が主にたち、古註のあらゆる点を引用し、その解釈に労をさいているので、あれを見えない目でどうやって読み直し、その上口述できたのかと、不思議な神業に驚かされてしまう。

舟橋さんが口述になった第一作の小説は、一九六七年（昭和四十二）「群像」の十一月号に発表した「好きな女の胸飾り」からであった。それ以後、すべての作品は、口述筆記になったという。ところでこの純文学の作品が、非常に冴えていて、私にはとても面白かった。どこかに頼まれて、書評のような感想を書いた。その直後、舟橋さんから電報が届いた。何事かと開いてみたら、良い書評をありがとうという文面で、びっくり仰天してしまった。

舟橋さんから見れば取るに足りない全くちんぴら作家の私ごとき者の書評をそんなに喜んでくれて、すぐさま電報を打つなど、大作家のすることであろうか。私はその時、舟橋さんの心の純情な瑞々《みずみず》しさに感動した。自分も年をとってもこんな柔らかな心を見習いたいものと思った。

それから間もなく舟橋さんの方からの申し出で、どこかで対談させていただいた。何の雑誌か新聞か、今思い出せないし、探しても掲載紙が見当らないのだが、料亭で、対談のあと、二人だけの食事になった。なぜか、記者の誰もいなかった。その時舟橋さんの両の目は開いていて、外からは解らなかったが、もうほとんど見えないとおっしゃった。雑談の中でふと、

「きみは、原稿料は銀行振込みでもらっていますか、現金でもらっていますか」

と訊《き》かれた。

「いつ頃からですか、出版社の方で銀行振込みにしているので、そのようにしています」

「そうか、それはいかん。すぐ、現金払いにしてもらいなさい。私は現金です。きみね、これだけが今月書いた、自分の働いたお金だと、この札束を掌にのせて（そこで掌の上に札束をのせた形をして、その上にもう片方の掌をのせるしぐさをして）その厚さを掌で感じてこそ、自分の労働の重みがわかるんだよ。これだけ書いた。これだけ書くのに苦労したんだとね。それ

S. Funabashi
T.Y.

が自分の作品への愛にもなる。現金でもらいなさい」

口調はあくまで真剣であった。それにも私は感動した。なるほど、原稿料はそういう重みをもつのかと。しかしそれ以後も私はずぼらで、そのまま銀行振込みにしたままで、今でも自分の稼ぎのたかも一向に知らないで過している。

ある日、舟橋さんから目白台のアパートの円地文子さんと私の二人に招待の電話が届いた。舟橋さんも目白にお住いなので、まあ隣組というべきか。

円地さんは舟橋さんより一歳年下で、同じ東京っ子で、裕福な家庭に育った状態も、戯曲ではじめ世に出た経歴も似ていたせいか、円地さんが舟橋さんのことを話す口調には、身内のことを話すような親密さと、ぞんざいさが同居していた。

「いきましょう、いきましょう。何か美味しいものの御馳走してくれるつもりなのよ」

大邸宅の舟橋邸の広い応接間に待つほどもなく現れた舟橋さんは、御機嫌良く

「どっちが円地さんで、どっちが瀬戸内さんくらいね、まだわかるんだよ」

とおっしゃった。次々にお菓子とお茶が出てきたが、ついに円地さんの期待した御馳走は出ず、私たちは引きあげた。円地さんは機嫌が悪かったが、私は舟橋邸の二階の歌舞伎の資料のぎっしりつまった図書室を覗《のぞ》かせてもらっただけでも感動した。後に円地さんがその時の舟橋さんくらい目が見えなくなられるとは、思いも及ばなかった。

丹羽文雄

多磨霊園（東京都府中市）

丹羽文雄（にわ・ふみお）

明治三十七年（一九〇四）四日市市生まれ。早大卒業後、郷里で僧職につく。昭和七年、編集者・永井龍男の勧めで「鮎」を「文藝春秋」に発表し上京、作家活動に入る。戦時中は従軍記者、海軍報道班員として戦地に赴いた。

戦後、書名が流行語になった二十二年の「厭がらせの年齢」で一躍流行作家に。『蛇と鳩』（野間文芸賞）、『菩提樹』、『日日の背信』、『顔』（毎日芸術賞）、『一路』（読売文学賞）、『親鸞』、『妻』、『蓮如』（野間文芸賞）など膨大な数の作品を発表した。

後進育成のため私費を投じて創刊した雑誌「文学者」（通巻二百五十六冊）からは、河野多恵子、瀬戸内寂聴、吉村昭、津村節子、竹西寛子、秋山駿らを輩出。その功により菊池寛賞を受賞した。三十一年、日本文芸家協会理事長に就任、四十一年から四十八年まで会長を務めた。五十二年文化勲章受章。

平成十七年、百歳で逝去。

浮気の数だけ着物の数

丹羽文雄さんは、私が物書きになりたいと、ひそかに作家というものに憧れていた頃、すでに文壇の大家であった。

人気絶頂の流行作家として、新聞、文芸雑誌、娯楽雑誌、婦人雑誌、どこにでも柱として作品が掲載されていた。華々しさは広告写真の美男子ぶりからも匂ってくるようであった。文壇の長谷川一夫といわれていた。

とうてい近づきも出来ない遠い人と仰ぎみていたが、私が家を飛び出し小説を書きたいと思った時、丹羽さんが後進育成のため、自費で「文学者」という同人雑誌を発行していることを教えてくれた人がいて、私は向う見ずにその話に飛びつき、「文学者」に入れて下さいと手紙を出した。当ってくだけろと、自分をけしかけたものの、反面、返事がくるなどと思ってもいなかった。ところが葉書で返事がすぐ来て、毎週、月曜日が面会日だから自宅に来てもいいという文面であった。後でそれは自筆ではなく、忠実な門下生の中村八朗さんの代筆だとわかった。当時三鷹下連雀に下宿していた私は、喜び勇んで線路を越えた丹羽邸を訪ねていった。広い玄関には靴や草履が所狭しと並んでいた。玄関のすぐ右側の洋室が応接間とみえ、あふれるように人が集っていた。奥の窓ぎわに丹羽さんが悠然と大きな肘かけ椅子に坐っていて、その左右に卓をはさみ入口まで人が椅子を並べていた。入りきれない者は入口の床に坐っていた。私もその中に割りこんだ。

「カミュを読んだか」

それがはじめて聞いた丹羽さんの声だった。

左右の椅子の上座の誰かが、すぐ答えた。

「読みました」

「どうじゃ、どんときただろ」

「はい、どんと、きました」

禅問答のように私には聞えた。丹羽さんはカミュにいたく感動し、文学的刺戟を受けたらしかった。二十九歳で一作も作品を書いていない私の目から、その時の丹羽さんの威風堂々ぶりは六十代にも見えたが、実はまだ四十七歳の若さであった。

純文学を志し、「鮎」で文壇に登場した時、二十八歳だった丹羽さんは、三十一歳で太田綾子と結婚して以来、続々と作品を発表し、娯楽雑誌にも積極的に書き、多作の流行人気作家としての地位を、ゆるぎないものにしていた。

終戦後は益々筆に脂が乗り、情痴作家と呼ばれながら、堂々とした健筆ぶりは十万枚はすでに書いたという評判が立っていた。

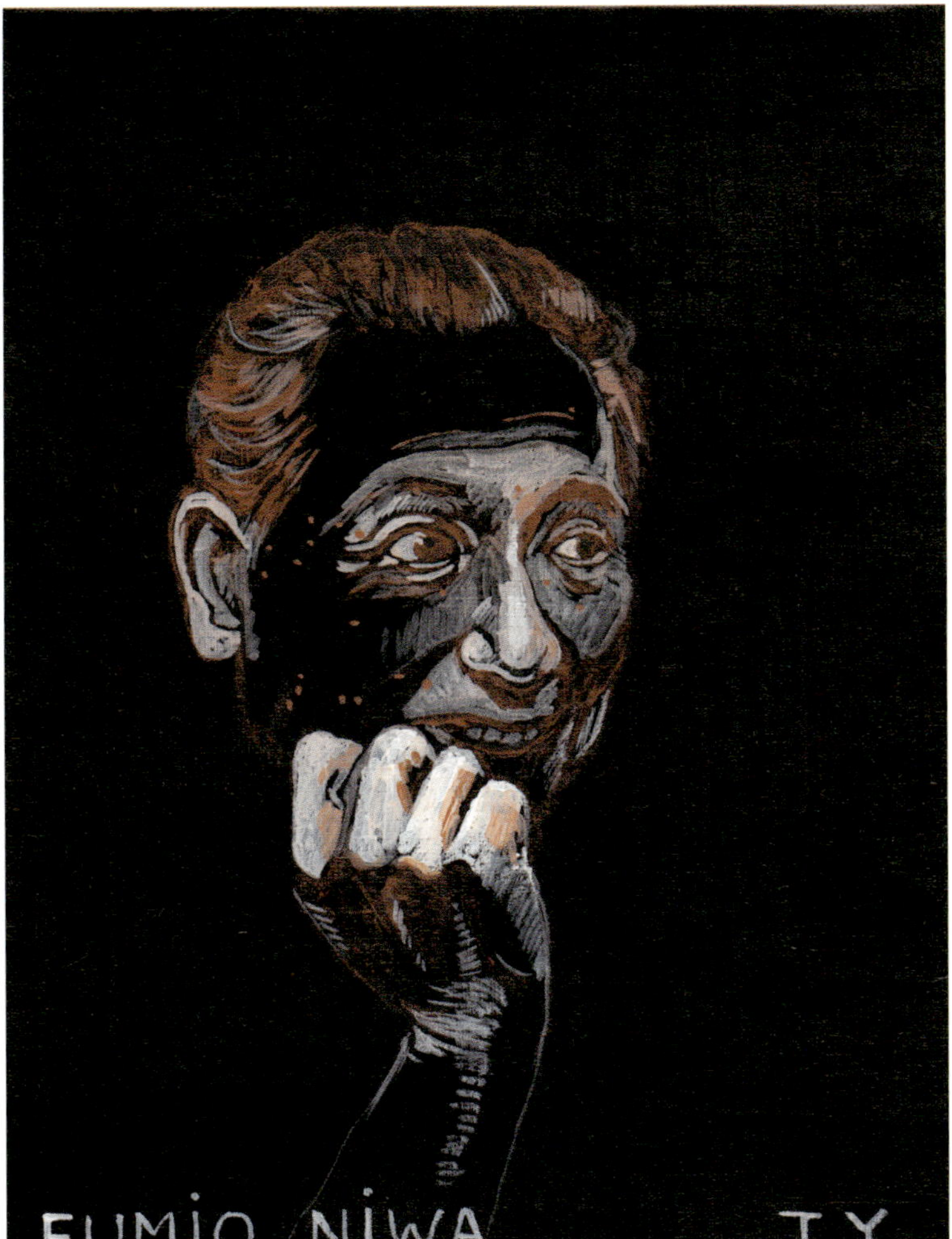
FUMIO NIWA
T.Y.

当然、印税も多額だっただろうが、流行作家でも自費で後進のための同人誌を出すような太っ腹の作家は、丹羽さん以外には居なかった。今後も現れないであろう。

おかげで私はその日から同人にしていただき、はじめての作品も、ほとんど自費も出さず「文学者」に掲載していただけたのである。

月一回、東中野の「モナミ」で開かれる合評会にも出席できた。丹羽さんはじめ早稲田系の錚々《そうそう》たる小説家が居並び「文学者」の小説を批評してくれるという贅沢さは、他の同人雑誌では絶対味わえないものであった。

丹羽さんのそういう思いきった出費を黙って見守る丹羽夫人綾子さんの肝っ玉かあさんぶりも大したものであった。同人の多くは夫人になついて、その見事な手料理のふるまいにあずかった人も多いようであった。

丹羽さんは文壇きっての美男子だったから、若い時から艶聞にことかかなかった。銀座でも大いにもてて、世に出るまでは銀座のホステスの「ひも」になって暮していたこともあり、それを小説に書いて世に出るバネにもしている。

おかげで私も小説家にしていただき、丹羽家への出入りにも馴れてきた頃のある日、座敷で夫人とお茶をいただいていると、話が丹羽さんの艶聞に及び、

「そりゃ、若い頃はいろいろありましたよ。最近だって目を放せないのよ。それで腹が立つと、

着物を買ってやるの。私の着物は丹羽の浮気の数かしら」

と話された。私は面白がって、

「わあ、いいですね。何枚くらいになりますか。見せて下さい」

など話していた。そこへいつの間にか二階の書斎から丹羽さんが降りてきていたのを知らなかった。奥さんが、

「まあ、これくらいかしら」

と、襖をあけて奥に並んだ箪笥《たんす》を開いて見せてくれた。その時、丹羽さんが
「俺はこんなにはしていないよ」

と、実に素直な、びっくりしたような声を背後から出したので、夫人と私は飛び上らんばかりに愕《おどろ》いたが、それから笑いがとまらなかった。


あの世の文壇で、胴上げされて歓迎されたことだろう

丹羽文雄は三重県四日市の真宗高田派の崇顕寺を継ぐべき立場だったが、僧侶になるのを嫌い二十八歳の時、寺を飛びだし上京して作家生活を志している。

四歳の時、生母が情事で家出し、人生で最初の深い傷を受けている。文壇登場のきっかけとなった名作「鮎」をはじめ、戦後文学の傑作といわれる「厭がらせの年齢」も生母をモデルに

している。

捨てた筈《はず》の仏教が丹羽さんを見放さず、最後までその背にはりついていて、大作『親鸞』を書かせたように、捨てられた筈の生母もまた、生涯丹羽さんの背にしがみついていて、苦しめながら、名作を書かせている。奔放な生活の末孤独になった生母の晩年を、丹羽さんは引き取り、手厚く最後まで面倒を見た。子不孝な母に子としてこの上ない親孝行をした丹羽さんは、誰に対しても寛容で慈悲にみちたやさしい人であった。

七十過ぎから思いもかけず認知症になり、家族はそれを秘していたので、世間は長年それに気づかなかった。そのうち夫人の綾子さんも同じ病気になり、二人の介護は本田家に嫁がれた長女の桂子さんの肩にかかってきた。桂子さんは両親の美貌を受けて、若い時から人を振り返らせるような美人だったが、母となっても華やかで知的な美貌は磨かれていた。夫君と嫁家がこの上なく理解のあったため、桂子さんは、始終生家を訪れては両親の面倒が見られたし、三人の家政婦や付添人の相談に乗ることも、指令を出すことも出来ていた。

私は桂子さんに丹羽さんの状態を隠さずカミングアウトすることをすすめた。更にその経緯を書けば、桂子さんも楽になるし、世の中の同じ立場の人々への励ましになると煽動した。

桂子さんは一年ほど迷った末、私の意見を容れてくれた。桂子さんの書いた本はベストセラーになり、全国から講演会の引っぱり凧になった。

T.Y.

桂子さんはいきいきして益々輝いてきた。その頃、桂子さんから聞かされた。

「二人の面倒は見られないので、母は病院に入ってもらってます。日曜日は家に帰ってきます。父はその母を見て、桂子あそこに見なれない婆さんがいるよ、誰だねって訊《き》くんです。母は呆けて父の昔の情事の怨みばかり数えあげます。父は日に日におだやかな表情になって、まるで生き仏さまみたいになりました。私にでも、お手伝いにでも何かしてもらう度に掌を合せてありがとうっていうんです。こちらが拝まずにいられないような感じです。自分が小説家丹羽文雄であったことも忘れているようです。書斎には前のように原稿用紙をひろげ、愛用の万年筆を置いてありますが、もう書こうとしません。頭の中には故郷のお寺のことがあるらしく、山門の入口の大銀杏《いちょう》の銀杏《ぎんなん》は、今年どれくらいなったかね、などいうんですよ、子供の頃に帰っているのでしょうか」

と涙ぐまれた。一世を風靡した流行作家だったことも、長年文壇の第一人者として文芸家協会の会長をつとめたことも、文化勲章を受章されたことも、「文学者」から多くの作家を世に送り出したことも、すべて頭の中にはないのだろうか。

誰に向っても合掌し、ありがとうという人。実の娘から「生き仏」といわれる人。

そういう年の取り方を不幸とは言えないと思う。

「あんまり父がすてきだったので、私は少女時代から父に憧れてファーザーコンプレックスで、父以上の男の人にめぐりあうことは出来ず、生涯結婚できないかと思っていたのですよ」

そう打ちあけてくれた桂子さんは、本田さんという父以上のすてきな男性にめぐりあい幸せな結婚生活を送られた。

しかし、まさかと思うことがおこった。桂子さんが突然、急逝されたのであった。

綾子夫人はすでに夫を残して他界されていた。

桂子さんの死を告げられても丹羽さんは事の次第を納得されていなかったと聞いた。

二〇〇五年（平成十七）四月二十日、丹羽さんの訃報が流された。百歳であった。

稲垣足穂

法然院（京都市左京区）

稲垣足穂（いながき・たるほ）

明治三十三年（一九〇〇）大阪市生まれ。明石、神戸で育ち、少年時代は天文学や飛行機に熱中。関西学院卒業後の大正十年、作品の草稿を送った佐藤春夫に勧められ上京。十二年、『一千一秒物語』を刊行する。十五年には雑誌「文芸時代」同人となり、『星を売る店』、『第三半球物語』などを次々と出版。日本文学の伝統から遊離した作風で精力的に作品を発表するが、昭和六年頃から発表作品が急減、長らく放浪生活が続いた。

二十一年、戦時中に書き継いだ自伝小説『弥勒』を、二十三年、自選集『ヰタ・マキニカリス』を刊行。二十五年、結婚を機に京都に移るが、同人誌「作家」を中心に作品を書き続け、四十三年に刊行した『少年愛の美学』が第一回日本文学大賞を受賞した。五十二年、七十六歳で逝去。

平成十年、米国Sun & Moon Pressから『一千一秒物語』を中心とした作品集が刊行されるなど、近年は海外でも注目を集めている。

タルホ天才も朝酒に酔えば三島由紀夫のこきおろし

稲垣足穂という作家と縁が生じるなど夢にも考えたことはなかった。天才という より変人という噂がまかり通っていた。まあ、天才と変人は一人の人格の中に同居しているのが当り前なのでびっくりもしなかったが、書いた作品を読む限りでは、相当変っていると思われた。

現実を離れた観念小説で、筋などはなく、太郎と花子が恋に落ち、寝たというふうには絶対書かない。

セックスに無関心ではないが、それも多分に観念的で哲学的なホモセクシャルな世界である。シュールの絵を見たり、音楽を聴いて「わからないけど、何かしら気持がよくなった」という感動が残るのと同じ種類の文学であった。考えることが破天荒なので、後味は妙にカラリとして明るい。

タルホを読んで、わからなかったなどとは、およそ文学少年や少女は、口がさけても言えないのであった。私もその種類の読者の一人だったが、タルホという存在のいない日本の現代文学は考えられなかった。

私がまだ出家しない前、急速に仲良くなった女の友人がいた。京都在住の折目博子という作家で、京大の作田啓一教授の夫人であった。御両親が徳島の出身のせいか、徳島産の私に無邪気になついてくれ、『手のひらの星』というすばらしい自作の本を送ってくれたのがきっかけで、よく往来する仲になっていた。教授夫人というイメージは全くなく、童顔にたっぷりの髪をおかっぱにして、厚化粧で、派手な着物や服を身につけていた。岡本かの子の再来と信じているふしがあり、確かにそうかと思わせる点もある不思議な魅力的な女性であった。まだ世に知られた作家ではなかったが、必ず、世に知られる作家になろうと思わせる言動があった。

折目博子さんが、自分が稲垣足穂のたったひとりの女弟子だと、さりげなく言ったのは、仲良くなってしばらく後のことだった。

私はびっくり仰天して、博子さんのまるい顔をしげしげと眺めた。足穂に弟子があるなど考えも及ばなかった。まして女弟子とは！

私のびっくりした顔を見て、彼女はこともなげにいった。

「先生のところへつれてってあげましょうか」

私はその場で、つれていってほしいとお願いした。出家する前の年の冬で私と折目さんはオーバーを着こんでいた。二人とも普段は着物を着ることが多いのに、なぜかその時は洋装だったのが印象に残っている。

手土産にはタルホ大人の好物という日本酒を二本さげていった。

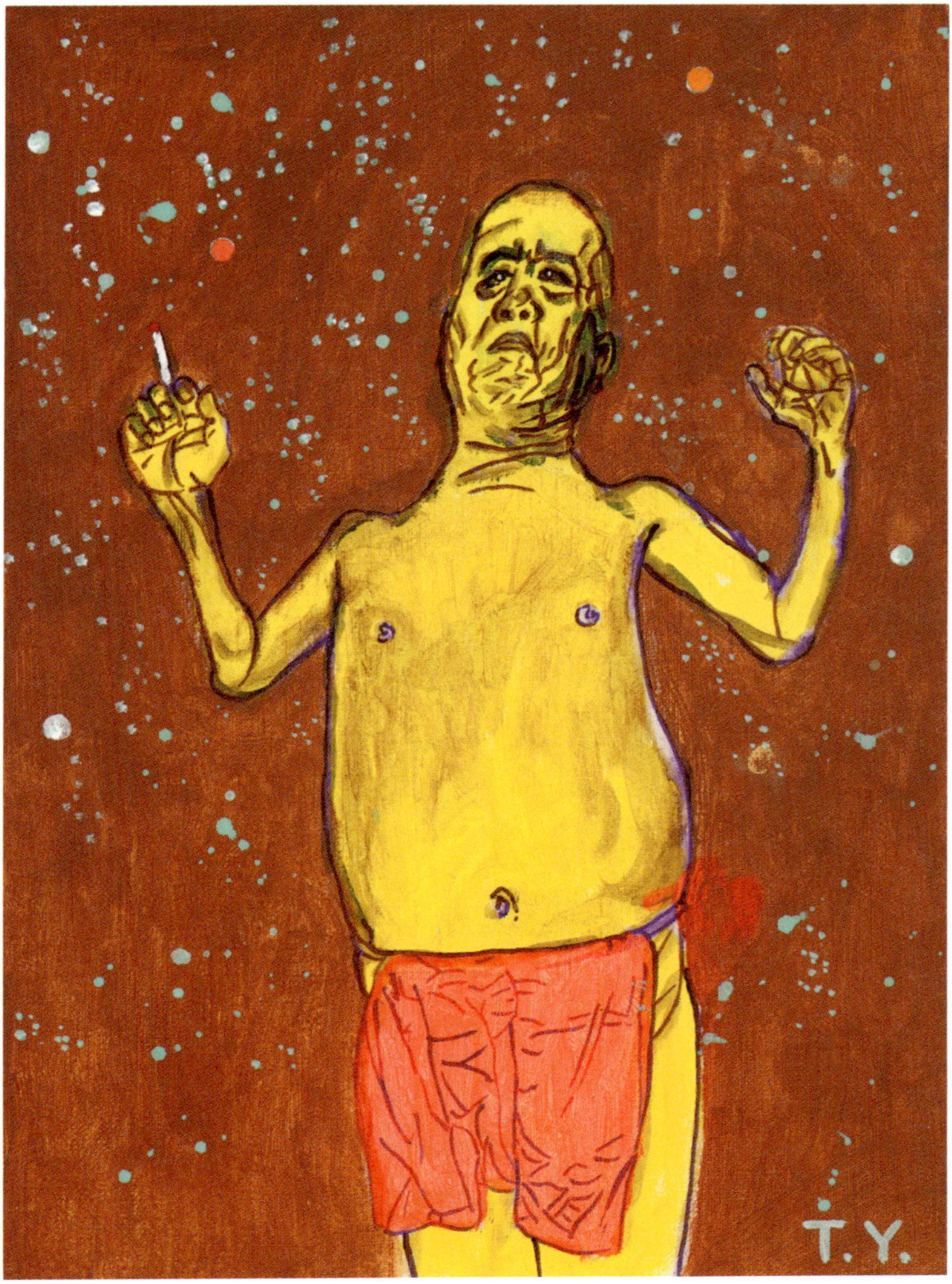
T.Y.

伏見のお宅は明るく快適で、タルホ大人はその一番陽当りのいい広い部屋の窓際に小さな小学生用のような机を置き、御自分はどっしりした存在感のある体で部屋の真ん中にどっかと坐り、御機嫌良く迎えてくれた。

ここでは折目さんは、いかにも忠実な愛弟子らしく神妙な態度であった。

大人は私たちの奉った日本酒を当然のようにその場で栓を抜き、酒盛りが始った。午前十時頃である。

夫人は地味な小柄な方で、折目さんの話では、早くからタルホ大人の天才を見抜き、惚れぬいて、その人を引き取り、御自分が働き通して生活の面倒をすべて見られ、ただ書くことに専念するよう許されたという。

大したパトロンである。夫人は、はじめから、手作りの酒の肴と盃を持って部屋にあらわれ、場の気分をやわらげて下さる。

朝酒は酔いが速い。大人の酒の速度に合わせるので、私たちもつい度を過している。

酔うほどに御機嫌がよくなり、話題はすべて大人の文壇並びに現役作家の痛快なこきおろしである。

偉いという風評ばかり横行して、実際にはあまり売れているとも見えなかった大人に、突然、陽の目が当って、日本文学大賞が舞いこんだ直後だった。

選者の三島由紀夫さんが、特別熱心に推せんしたという評判を聞いていた。その三島さんのことを、突然タルホ大人が口を極めてこきおろしはじめたのである。私はびっくりして一気に酔いがさめた。

「でも、先生の今度の賞は、三島さんがずいぶん推奨されたと評判ですけど」

夫人がとりなすふうに口をはさまれた。

「照れてるんですよ。照れると、好きな人の悪口をかえっていうんです」

大人は聞えなかったふりをして、まあ呑《の》めというように私の盃を満たしてくれた。天才のはにかみが加わり、酒はまろやかになっていた。


夫妻は性抜きだと女弟子はいった。私は現役だと直感した

朝から四時間のタルホ亭の強烈な酒宴の日から、半年が過ぎていた。その間にタルホ怪物《タルゴン》は、引越をされたり、アルコール中毒で入院したりして、忙しそうだった。私の方も怪物の毒気に当った感じで、しばらく遠慮していた。

そんなある日、ふと開いた雑誌にタルホ大人のヌード写真がでかでか載っているのが目についた。まさに怪獣である。

それにつけた文章に、長年愛用してきた机を瀬戸内晴美にやりたいと思ったがやめとくという話を発見した。受賞したお祝いに夫人が紫檀の立派な机をプレゼントされたので、あの小さな窓ぎわの机が不要になったのだという。

女の作家というものはいつも貧乏で、銭湯の帰りに一にぎりのちりめんじゃこを買って帰り、みかん箱代用の机で、ぼそぼそお茶漬を食べるというイメージを抱いていたので、机でもやって慰めてやろうと思ったという有難い話である。ところがそれを聞いた編集者が、

「とんでもない、瀬戸内晴美は大きな家に住んでお手伝いの女の子を何人も侍《はべ》らせて、勝手気《き》侭《まま》な暮らしをしているから、机なんかやるのはおよしなさい」

と言ったので、その案は思い止まったという。

私はついこの間まで三鷹の荒物屋の下宿で、みかん箱の本棚と机に向い、売るあてもない小説を書き、半町先の銭湯の帰りに、おかず屋で、ちりめんじゃこやめざしばかり買って、ひとり、ぼそぼそ食べていた。その証人は、すぐ十人はあげられる。私こそタルホ机を貰う資格があると申し出た。

その結果、それでは机はお前にやろう。ついては授与式をしようという話に相なった。

折目さんと二人で半年ぶりにタルホ家を訪れた。先のお住いは夫人の勤務先の桃山婦人寮であったが、今度のお家は、同じ桃山でも町中のしゃれた住宅街で、夫人の御家族と賑やかに暮していた。

T.Y.

陽当りのいい床の間つきの部屋にでんと大きな紫檀の机が据えられ、タルホ大人は、その前からふりかえったが、妙に淋しそうな表情をしていた。家族の中にいて、かえって孤独感にさいなまれている哀愁がにじんでいた。

先の家では窓ぎわにあった小さな机に赤い鉛筆けずりが一つのっていたが、紫檀の机には何もなかった。

嫌いな人が来ると、机をまたいで窓の外へ逃げ出すと夫人が話されたが、この大机はちょっとまたげそうもない。

アル中治療の入院から帰ったばかりというのに、またもや酒盛りになってしまった。

大人は、夫人がかくしておいた酒びんを、いつの間にか発見してしてやったりという無邪気な顔つきで提げて現れた。

「机の授与式に祝酒がなければ話にならぬ」

夫人はあきらめたらしく、それでもタルホ怪物には呑ませまいと、大人がつぐ盃をす速く取りあげ、自分の口の中に手品のように流しこむ。その間に大人は目にもとまらぬ速さでもうひとつの盃を満しては、ぱっと呑み込むので、二人の酒呑み競争になってしまった。

酔いが廻ったところで、夫人が金蒔絵の由緒あり気な硯箱を持ち出してきた。硯は端渓、唐墨の匂いをただよわせ、夫人が墨を磨ってくれる。タルゴンは真新しい筆をおろし、おもむろに引きぬいた小机の引出しを裏返し、その上にかねて用意しておかれた下書を見ながら、墨痕鮮やかに、一字一字、慎重な筆つきで書きこんで下さった。曰く、

「この机の遍歴
昭和二十五年
西本願寺山ノ内ノ坊から
宇治黄檗山慈福院
宇治朝日山敬心院
桃山伊賀府立婦人寮
桃山養斎現在
　　昭和四十五年一月二十三日
　　　　稲垣足穂
瀬戸内晴美江　　　　」

その引出しを恭しく拝受して、夫人と折目さんに拍手され、私は涙があふれそうなのをこらえて、深く深く低頭した。

その机をタクシーで折目さんと二人で持ち帰った。

たったひとりの女弟子の折目さんこそ机を頂く権利があったのにと、その時になって気づき、

「ごめんなさいね」

とあやまると、折目さんはいとも明るい顔付で、

「先生が瀬戸内さんにあげたくなったのには、何か神秘的な意味があるのよ。よかったわね、おめでとう」

といってくれる。その口調にも何のわだかまりもない。さすがタルホ大人の女弟子。

家に帰って計ったら、机は七十五センチ×四十四センチの広さで、高さ三十三センチ、インクより酒をたっぷり吸いこんで、琥珀《こはく》色に酒光りの艶をたたえていた。

宇野千代

梅窓院（東京・南青山）

宇野千代（うの・ちよ）
明治三十年（一八九七）山口県横山村（現岩国市）生まれ。岩国高女卒。大正十年、処女作「脂粉の顔」が「時事新報」懸賞短篇小説で一等当選、作家生活に入る。十三年、尾崎士郎と結婚。昭和五年から東郷青児と同棲。十年、東郷の話を聞き書きした『色ざんげ』を出版する。十一年、スタイル社を設立し雑誌「スタイル」、文芸誌「文體」を創刊。北原武夫と結婚する。
戦争を経て二十一年、北原を社長としてスタイル社復興、復刊した「スタイル」が記録的な売り上げを見せる。「文體」などに分載した『おはん』（三十二年）が野間文芸賞、女流文学者賞を受賞。その後スタイル社倒産、北原とも離婚。北原との関係は小説『刺す』などに描かれている。その後は精力的に作品を発表し、『幸福』（女流文学賞）、『薄墨の桜』、『八重山の雪』、『青山二郎の話』などがある。五十八年刊の『生きて行く私』はミリオンセラーとなった。平成八年、九十八歳で逝去。

一冊の本に結ばれた奇縁の怪しさ

宇野千代さんをはじめて見たのは、私が日本女流文学者会に入れてもらった時であった。その頃の会長は円地文子さんだった。女流文学者会というのは、女の作家ばかりが会員で、いつから始ったのか、はっきりしたことは知らないが、吉屋信子さんや、宇野さんも会長をしたことがあるだろう。私が入れてもらった頃は、何だか入会が難しくなっていて、著書を二冊以上持たなければならないとか、その作品が品がよくないといけないとか、入会許可規則のようなものがあったらしく、私は、著書はすでに二冊あったが、書くものが品が悪いという評判で入会に強く反対する会員がいたという。それは芝木好子さんだと何となく聞えていた。その芝木さんから、突然電話がかかり、

「あなたを女流文学者会に入っていただいてもいいと、会で決議したのですが、どうなさいますか」

という。私は、そんなめんどくさそうなところへ入りたくもなかったが、反対しているという芝木さんからの電話なので面白く、

「光栄です。入れていただきます」

と殊勝らしく答えた。その時の気持ちは、実物の女の作家がどんな顔をしているか、見てや

ろうという好奇心が大部分であった。

指定された日、そそっかしい私は時間をまちがえて、一時間も早く、丸の内のどこかのビルのその場所に着いてしまった。仕方がなかったので廊下の隅の椅子に坐って待つことにした。一九六〇年くらいで、私の三十八歳あたりではなかったか。やがて、ぼつぼつ女の作家たちが集ってきた。大原富枝、芝木好子、壺井栄、円地文子、平林たい子、佐多稲子、城夏子等々、写真で覚えている人たちの実物は、みんな堂々と見えた。まずびっくりしたのは、彼女たちの立派なみなりだった。ほとんど和服で、それもすべて高価なものであった。

ようやく私も和服を着はじめていたので、その質や値段がわかるようになっていた。しかも彼女たちは申しあわせたように指に目に立つ宝石の指輪をはめていた。普通の主婦たちの真似出来ない豪勢さだった。紬《つむぎ》の着物は買えても、指輪なんてとても手の出ない私は、女の作家はこんな贅沢が出来る職業かと愕《おどろ》いた。

その時、何か高い声で話しながら三人ほどが一緒に廊下を歩いてきた。私は思わず椅子から立ち上った。

宇野千代さんだった。すでに集った誰よりも派手な着物をまとい、大きな狐のえり巻をつけ、華やかに化粧している。小説家というより、現役の女優のように見えた。機嫌よく一緒に来た人たちに話しかけながら会場に入っていった。宇野さんのまわりには虹色のオーラが輝き、ど

スタイル
T.Y.

の作家よりも美しく存在感があった。

明治三十年（一八九七）生れの宇野さんはこの時六十三歳くらいだった。まさに咲き誇った花のように絢爛《けんらん》としていた。

その日、私は宇野さんと一言も話していない。ただ遠くからオーラにつつまれた人をまぶしく仰ぎ見ているだけであった。

まさか後年、まるで親類の伯母か姪《めい》のような感じの仲よしになるなど想像もできなかった。

昭和十八年（一九四三）秋、結婚して北京で暮らすようになった私は、住いのマンションから歩いて三分の王府井《わんふうちん》で、日本の本を売っている本屋に何気なく入っていった。入口の近くの棚の丁度目の高さに「人形師天狗屋久吉　宇野千代」という文字があった。私はその本を引きぬき、買って買物袋の中に入れた。

胸がどきどきしていた。走るようにわが家に戻り、食事の支度もせず、一気に読みふけった。私の故郷の阿波の徳島に生きて、文楽の人形を作っていた職人の語りで書かれた芸談であった。なつかしい旧《ふる》い徳島の言葉が、こんなに美しかったかと思うほど、目を見はるように綴られていた。

読み終った時、私は新婚の妻であることを忘れ、小説を書こうと、部屋の真ん中に立ち上っていた。

子供の頃から小説家になりたかったが、東京女子大へ入って、私程度の才能の人はいくらでもいるとわかり、小説を書く意欲は薄れていた。それなら才能のある男と結婚して、その男の才能の開花を手伝おうと思い、あっさり見合結婚して北京へ渡ったのであった。その頃からせっかちで、そそっかしかったのである。

あの時、宇野さん作の「天狗久」に出逢わなかったら、今の私はいなかっただろう。

今、私が館長をしている徳島の県立文学書道館では、宇野千代展を開催している。宇野さんと天狗久の資料を集めたユニークな展覧会である。その頃の宇野さんの手紙などもたくさん並んでいる。仕事をしている天狗久の話を熱心に聞いている四十四歳の写真の宇野さんは、匂うように美しい。

寝た寝ないで男を判別する美人老作家

黒柳徹子さんの「徹子の部屋」に宇野千代さんが出演された後、徹子さんが、

「宇野先生たら、番組の中で何度も何度も寝たってことばおっしゃるのよ。まるで昼寝の話でもするように」

もちろん、宇野さんの寝たは男との話である。私にも同じ経験がある。宇野さんが寂庵へわざわざお立ち寄り下さったことがあった。私は感動し恐縮し、どうおもてなしするか、すっかりあがってしまった。祇園からわざわざ高い料亭の料理を取り寄せたばかりか、舞妓《まいこ》もお茶屋

の女将につれてきてもらって、縁側で舞わせたりした。宇野さんはよほど呆れたようで、

「瀬戸内さん、これはやり過ぎよ」

と吹き出された。私の度を超したうろたえぶりや、前後の見境もなくなる好きな人への奉仕のし方のこっけいさは、若き日の宇野さんを鏡に映したように似ていたのだった。

その日、私は宇野さんに一枚の紙に書いた人々の名前を机に置いて聞いてみた。年譜や作品に出てくる宇野さんの交渉のあった男性の名簿だった。

「伺っていいですか？　先生、この方とは…」

どういう御縁で、先生の小説にどんな影響を与えたかというようなことを訊《き》くつもりだった。ところが、間髪もいれず宇野さんの高い声が返ってきた。

「寝た」

私はど肝を抜かれて、次の人の名をあげた。

「寝た」

前より速さが加っていた。後はすべてネタ、ネナイ、ネタと連発である。ネナイよりネタ方がずっと多い。

一人、答えがとどこおった。小林秀雄さんである。

「あら、小林先生とは？」

Chiyo Uno
T.Y.

「寝たともいえない、寝ないともいえない」

「どういうことでしょう」

「雑魚寝したのよ…。だから…」

ハイ、わかりました。どの答えの場合も表情は玲瓏《れいろう》として明るく、声はあくまで天真爛漫であった。はじめは愕《おどろ》いてこちらがうろたえてしまったが、そのうち宇野さんが観音さまのように見えてきた。宇野さんとこの世で縁あって関った男のすべては、千代観音の捨身の広大な慈悲を受けて、有難い恩寵をいただいたのにすぎないと思えてきた。

「どなたが一番お好きでしたか」

「尾崎士郎！」

「二番目は？」

「尾崎士郎！　三番目も四番目も尾崎士郎！」

そんなに好きだった尾崎士郎は、宇野さんが仕事に行っていた湯ケ島で、毎晩のように、湯本館に泊っている梶井基次郎と逢っているという噂を聞いて、それが原因で馬込に同棲していた二人は別れることになったのだった。

宇野さんと梶井の噂は、尾崎士郎だけでなく、二人の知人の間では誰知らぬものになっていた。

「梶井さんとは」

と訊いたとき、矢のような速さで

「寝ないっ！」

と返ってきていた。噂の人なのにどうしてと訊くと、

「あたし面喰いなの」

の一言で片づけられた。それからちょっとしみじみした口調になり、

「梶井さんにはすまないことをしました。私は、梶井さんの小説が好きで、文学論が好きだったのよ。でもあの人は私を好きだったんですね。尾崎は誤解したけれど、そんな時言いわけしたってはじまらないでしょ。でもお墓参りはするつもりです」

生真面目《きまじめ》な厳粛と呼びたいような表情をされていた。

たしかに宇野さんの結婚の相手はみんなハンサムである。最初の結婚の相手従兄の藤村忠も美青年だったらしいし、尾崎士郎も一目惚れするくらい好男子だった。次に結婚した東郷青児とは私も逢っているが、実に魅力的な男性だった。次の夫になった北原武夫も、美男の標本のような人であった。

たしかに面喰いと自称してもうなづける。結婚はしなかったが、互いに憎からず思った仲だった今東光師のことを、宇野さんは

「信じられないでしょうけど、若い頃の今東光は色が白くて上品で、目許が涼しくて、それは

美青年だったのよ」

と評価していた。

寂庵へはじめて来られたこの時、宇野さんは今の私と同じ八十五歳くらいで、秘書の藤江淳《あつ》子《こ》さんとその夫君の廣《ひろし》さんを伴っていた。まだ足許もしっかりして、翌日も一緒に歩き廻って疲れは見せなかった。

生徒にラブレターの届け役をさせクビになった女先生

宇野千代さんは外見の派手さに似合わず、芯はとてもはにかみ屋で小心なところがあった。最晩年はテレビにも度々登場していたが、最初テレビの話が来た時、とても怖がって、

「瀬戸内さんがそばにいてくれれば」

といいだした。岡本かの子が、歌人で仏教研究家として名をあげた後、小説を書きたいといいだすと、夫の一平が、

「小説家になるにはすっ裸で銀座のど真ん中で大の字で寝られるくらいの度胸がいる。それが出来るか」

と言った。かの子は即座に、

「その時、そばにパパがいてくれるなら」

1951
T.Y.

と答えた。私はその話を思い出し、これは大変なことになったと覚悟して、晩年の宇野さんとつきあう姿勢を決めた。講演会もお嫌いだった。ある時、テレビつきの講演会に応じられ、私も一緒に宇野さんの横にひかえていた。舞台に出るまで、舞台の袖で、しっかり私の手を握りしめ、震えを押えていた子供のような宇野さんが、いざ舞台に立つと、急にしっかりして堂々と質疑応答を受けられ大拍手を浴びた。もう終ったかと思う時、突然宇野さんは、拍手に応えるように、歌を歌い出した。

「わたしゃあなたにホーレン草

早くヨメナにしておくれ…」

昔、宇野さんは小学校の先生をしていて、オルガンをひいて歌も教えていたので、その名残りであろう。子供のような素直な歌いぶりと声であった。更に万雷の拍手が堂内にとどろいた。楽屋に戻った宇野さんは上気した顔で、満足そうに微笑していた。

その後、「御対面」とかいうテレビ番組にもお供した。出場者の前に、誰かが現れて、思いがけない感動的な対面をするという番組であった。その日、舞台にあらわれたのは初老の男性だった。宇野さんは立ったまま、微動もしない。アナウンサーの「さあ、どなたでしょう」とうながす声に、宇野さんはしきりに首をかしげ、その男性を、しげしげと見廻していた。私は数ある宇野さんの過去の恋人の一人だろうと思った。宇野さんの逡巡ぶりも、宇野さん自身がそう思っていることを見物に連想させた。どうしてもその人を思い出せない宇野さんに、アナウンサーが、昔の小学校の教え子だと告げた。満場に笑いが爆発した。昔の教え子は、「先生、おなつかしゅうございます。私は昔、先生のラブレターを××先生にこっそりお渡しする役目をつとめました」

と名乗った。宇野さんは小学校の同僚に恋をして、それが問題になり、学校をやめさせられたのであった。人生の最初の蹉跌《さてつ》であった。楽屋にもどって、宇野さんは昔の教え子と、それは愉《たの》しそうに歓談していた。

宇野さんは代表作『おはん』を十年がかりで書いた後、晩年、堰《せき》をきったように数々の名作を書いたが、それは六十七歳で、最後の夫、北原武夫と離婚した後であった。北原さんは若い女に心を移し、老年の宇野さんを捨てたのである。その時のことを『刺す』という名作に書き、それから次々珠玉のような短篇を書き、やがて長篇を書きついだ。

一人になった宇野さんを支えつづけたのは、秘書の藤江淳子さんだった。身の廻りの世話から、仕事の段どり、出版社との連絡まで、一手に引き受けていた。アッちゃんと呼び、宇野さんは頼りきっていた。ある時、私が宇野さんに、北原さんが荷物を一杯つんだトラックと一緒に、宇野さんとの愛の巣から出て行った時、ほんとは先生は泣いたでしょうと訊いたら、即座ににっこりして、

「泣かなかったわよ。もう心の整理がすんでたから」

と答えた。その日、私が辞去したあとで、宇野さんは、いたずらっ子のように首をすくめ、

「さっき、寂聴さんをだましてやった」

と笑ったそうである。ほんとうは大泣きに泣かれたのだ。

八十五歳から「生きて行く私」という新聞連載のエッセイを書いた。大ベストセラーになった。それは宇野さんの生涯を淡々と振り返った随筆だが、全く自由な心の人の書く身の上話は、破天荒な面白さで、様々な浮世の義理や、束縛に悩んでいる読者には痛快極まりない感動と、活力を与えられた。

印税が段々入ると、宇野さんはすっかり気が大きくなり、それ以後の正月客には、片っ端から「お年玉」袋を配った。私にもわざわざ京都まで送って下さった。一万円札が入っていた。

ついに何年か後、藤江さんが、

「先生、もうそんなにお金は残っていませんよ」

といったら、

「あら、そうお？」

と、さも不思議そうな顔をしたそうだ。九十五歳で「或る小石の話」という傑作短篇に、瑞々《みずみず》しい老いのエロスをのぞかせ、九十八歳で天衣無縫の天寿を全うされている。

今東光

寛永寺（東京・上野）

今東光（こん・とうこう）
明治三十一年（一八九八）横浜市生まれ。父の仕事で小学校転校六回、中学で退学処分を受け、十六歳で上京。絵の勉強を始め、東郷青児、佐藤春夫を知り、谷崎潤一郎に会い師事。友人を介して川端康成を知る。大正十年、川端康成らと第六次「新思潮」を創刊し作品を発表。菊池寛を知り、菊池が創刊した「文藝春秋」同人、川端らの「文芸時代」同人となるが、菊池と対立し脱退。十四年の『痩せた花嫁』で文壇に地位を確立し、精力的に作品を発表するが、三十二歳の時、浅草伝法院で出家、比叡山で修行。文壇を離れた。
昭和二十六年、大阪府八尾市の天台院住職となり、三十二年『お吟さま』で直木賞を受賞し約三十年ぶりに文壇に復帰。『悪名』、『河内風土記』などの河内もの、『春泥尼抄』などで一躍流行作家となった。マスコミでの毒舌も人気となる一方、権大僧正として平泉中尊寺貫首を務め、参議院議員を一期務めた。五十二年、七十九歳で逝去。

学歴のむなしさ　独学のおそろしさ

先頃出版された樋口進さんの写真集『輝ける文士たち』には文春の社員だったカメラマンの樋口さんが、文春時代の長い歳月に撮った文壇人たちの肖像が満載されている。その中に、今東光先生と私がどこかの駅のプラットホームで並んで立って談笑している全身像の写真が載っている。珍しく私は洋服姿で、今先生は、上衣を脱いでワイシャツだけのくつろいだスタイルである。

何がおかしいのか、二人ともほんとうにおかしそうに破顔している。

樋口さんの撮影技術はとても秀《すぐ》れていて、どの被写体も、実にいい表情をしている。それは樋口さんが、人の心にずばっと踏みこみ、相手に親愛感を覚えさせ警戒心を解き、つい素直な表情をさせてしまう妙技を心得ているからだろう。この写真を私ははじめて見た。樋口さんから貰《もら》っていない。ただしこの写真は文春が恒例として催していた地方講演会の旅の途上駅だったことはまちがいない。

ある時期、私は今先生と松本清張さんとのトリオで、この旅に度々参加していた。その時も、清張さんがいた筈だが、車内で読書でもしていたか、眠っていたかでプラットホームに出なかったのだろう。

文春のその企画は、地方の読者を獲得の為行われていたらしく、人口十万前後の町を中心にプログラムが組まれていた。動員される講師は作家の他に画家や漫画家もいた。地方の人にも一応名を知られている人が選ばれていた。

まず絶対その人の人気で人を集める中心人物が選ばれるだろう。大体、三人か四人のグループで動くが、この人選が大変である。何しろ、この人たちはみんな自尊心が高く気難しく、わがままと相場が決っている。その上好き嫌いが激しく、温厚そうな顔をしている人が、見かけによらずあいつとは絶対いやだなど言いだすのだそうだ。そんな内輪話は、みんな樋口さんから聞いた。樋口さんは私と同年の戌年で、私と同じく愛想がよくて、人づきあいのいい性格で、旅のまとめ役であった。

人寄せのスターは清張さんと決ったが、清張さんは人づきあいが悪く、清張さんと同行したがらない人が多いので、今先生に相談にいったら、即座に

「ああ、清張と誰も行きたがらんのだろ。よしよし、わしが行ってやる。ところで彩りは誰にする？」

彩りとは女性のことである。

「さあ、それも問題で……。女性作家はとかくハンサムと行きたがるので…」

「なにっ、わしはハンサムでないのか」

今東光
T.Y.

「いえいえ、昔は絶世の美男子だったと宇野千代さんもいってられます」

男だって彩りには若くて美人が望ましいのは当然である。

「曽野綾子が美人だが、亭主の三浦朱門がうるさそうだからな、有吉佐和子が明るくて可愛いじゃないか」

「もう他のグループに決ってまして。先生は瀬戸内晴美はおきらいですか？　女の作家の中では一番着物の着付けと化粧が手早くて世話がかからないです」

「お前何でそんなこと知ってる。怪しいぞ」

「しょっちゅう、講演旅行にお供してますよ」

「あれにしよう。瀬戸内は気さくでよろしい」

私だって、選ぶ権利も好みもある。どうせなら若くてハンサムな作家と行きたいではないか。当時は吉行淳之介さんや石原慎太郎さんが人気絶頂であった。しかし、私も考えた。こんな人といったら私が霞んでしまう。今、松本組でいけば、私がより可憐に見えるであろう。

かくて私は、このトリオ旅行を引き受けたのである。

この三人組で行けば、どこでも会場のまわりは何重もの人の列がとぐろを巻く盛況であった。何しろ清張さんの人気絶頂の時だからだ。何回三人の旅をしたことだろう。私にはこの旅が予想以上に面白く愉《たの》しく、有意義であった。旅は地方廻りなので、私は「今東光一座ドサ廻り」

と名づけた。

途上の列車や車の中で、清張、東光の絶え間ない会話は汲《く》めども尽きせぬ味わいがあった。私は二人の知識の深さにひたすら驚嘆していた。清張さんは学歴が小学までで、今先生も自称不良を任じていて、中学の時、校長だか教頭だとかの娘に付け文して放校されて以来、進学出来なかった。小説を書きだし、川端康成と交遊が出来、川端さんの一高の寮にもぐりこみ、授業にも出ていた。いわゆるテンプラ学生で、それは東大にも及んだ。

「授業料を払わず東大まで卒業した」

と威張っていたが、もちろん履歴書に学歴はない。

しかし、この二人の博学さは、文学、歴史、哲学、宗教、科学まで、幅広く深く、どの方面でも一流の知識を具《そな》えていた。私はどれほど耳学問の寿福を頂戴したかしれない。


大根おろしで消えなかったキスマークの仏縁

ドサ廻り一座が中国地方の田舎廻りをした時であった。講師三人がそれぞれ旅先だったからである。私が岡山へ着くと、すでに松本清張さんが着いていた。

暑い日で、宿の二階の大広間で待っているところへ、今先生が到着した。

短袖のシャツのボタンを外し、胸を扇であおぎながら、暑いなあと言って入ってこられた。

清張さんが挨拶して自室へ引っこんだ。旅先でも清張さんはわずかの閑《ひま》をみつけては執筆する。流行作家を追いかけて、何人かの編集者が原稿をとりにくっついてくる。まだファクスなどない時代であった。

ふと見ると、今先生の首のつけ根肩よりに黒い蝶がはりついたようなキスマークがついている。

「あっ、見いつけた。でも何て大きな口の女だったんでしょう。黒あげ羽蝶がはりついたみたい」

「昨夜なあ、みんなと青森のバーにいたらなあ、マダムがいきなり、先生、好きって抱きついてきおって、がばっとここにキスしたんや。そういえば大きな口だったなあ。これ、うちに帰るまでに消えるやろか。カアちゃんに見つかったらドヤされるでぇ」

「消す薬が今、売れてますけどね。生憎《あいにく》、今日私持っていない」

二人で思案投首しているところへ、清張さんが戻ってきた。事情をきくなり、

「簡単や、大根おろしつけとけば、すぐ消えますすよ」

それだけいうと、また消えてしまう。それから女中さんを呼んで大丼一杯の大根おろしをつくって貰った。今先生が座敷の真ん中に大の字に寝て、私がキスマークの上に大根おろしを山盛りのせた。

「おお、冷たくてええ気分や」

T. Y.

青森からの旅で疲れていた先生はすぐいびきをかいて眠ってしまった。私は扇で煽《あお》いだ方が効果がよさそうに思い、そこにあった団扇で、大根おろしの山を煽ぎつづけた。しばらくしてまた清張さんが覗きにきた。

「何してるのや」

「煽いだ方が効き目がありそうだから」

清張さんがふきだした。

「大根おろしで消えるのはインキのしみだけや」

すました顔でいい、また清張さんは書きに戻る。アホらしくなって、私も自分の部屋に入ってしまった。

清張さんは顔に似合わないユーモアのある人である。もちろん、講演の後もキスマークは一向に薄くなっていなかった。

こんな間柄の今先生に、まさか十年ばかり後に、仏縁を得て、法師になっていただくなど、誰が想像しただろう。

昭和四十八年、私は五十一歳になっていた。

思うところあって、出家したくなり、方々の宗派の高僧智職を訪ねてお願いしたが、どなたも「二十年したらまたおいで」のようなことをおっしゃる。高僧はほとんど八十歳以上である。

二十年たてば、御遷化ではあるまいか。態《てい》よく断わられたということだ。その時、はっとひらめいた。

「今先生も坊主だっ！」

今先生は青春時代、川端康成さんたちと小説を書いていた新感覚派の旗手として前途を期待されていたという。先生から直接伺った話では、菊池寛とけんかして、東京に居られなくなり、比叡山に入ったそうだ。出家は三十二歳の時で、それ以来、筆を断たれていたが、五十九歳の時、突如として『お吟さま』で返り咲き、直木賞作家として活躍されつづけていた。一方、天台宗の僧侶としては東北中尊寺の貫首として、中尊寺再興の業績をあげられていた。私はあまり近すぎて、先生の僧侶としての立場を忘れていたのだ。その場から私は、今先生の所へすっ飛んでいった。今先生は、その時、自民党の参議院議員でもあったので、東京の自民党本部の近くの、マンションを仕事場にしていられた。

マンションの部屋は本で埋まり、片隅には画架が立てかけられ、描きかけの油絵がかかっていた。先生は画家としての才能も並々ならぬものがあったのである。

その場で平伏して、お願いがあって参りましたと言うと、先生はすぐ奥さまを呼ばれ、

「今日は瀬戸内さんが大切な用件で見えられたから香をたいておあげなさい」

といわれた。私と同い年のきよ夫人が、すぐ線香を、二人の間の卓上に立てて下さった。

「仕事場で線香しかないが、これは伽羅《きゃら》で、最高のものだよ。香をたくのは、あたりを清めるという意味がある。仕事場で汚いけれど、これで清浄な場所になった。さあ、話を聞こう」

今先生はすでに私の胸中を見抜いていられたのであった。私は恐れ入ってその場に改めて威儀を正し、平伏して申し上げた。

「出家させていただきたく、参上いたしました」

やや、沈黙があって先生の静かな声がした。

「急ぐんだね」

「はい」

理由など一切問われなかった。

生涯のミスは参議院議員になったこと

出家のお願いに伺ったその日に、得度式の日取りが決められた。十一月十四日、その日しか、今先生の超御多忙の日程に空いた日がなかった。八月下旬からその日まで、私は死物狂いで、連載中の仕事を書きだめ、身辺整理に没頭した。

八月下旬、東京の仕事場でお逢いして以来、私は先生にお目にかかる機会もなかった。その日訊《き》かれたことは、

T.Y.

「頭はどうする？」

「剃ります」

「下半身はどうする？」

「断ちます」

それだけであった。先生は、

「出家しても、あなたはあくまで小説家として、ペンは死ぬまで捨てるな」

とおっしゃった。

一カ月ほどして、先生から電話をいただいた。

「法名を考えていたが、なかなか決らなかった。今朝、坐禅をしていたら、突然、寂の字が浮んだ。寂聴はどうだろう」

「いただきます。ありがとうございます」

電話口で私は深く頭を下げていた。

法名は師僧の法名の一字をいただくのだそうだ。東光という法名らしいお名前は、先生の戸籍名で、法名は春聴ということも、私は八月にはじめて伺ったのであった。先生は私が女だから春をあげようとおっしゃった。私はその場で、春には飽き飽きして出家するのだから、聴を下さいとお願いしてあったのだ。

「出離者は寂なるか梵音《ぼんのん》を聴く」という意味だと教えて下さった。晴美は父がつけてくれた名で、私は好きだった。そのまま筆名にもした。八十になって晴美というのはどうかなと思っていたので、寂聴という法名は実に有難かった。そのまま、また仕事と整理に没頭していたら、森忠という法衣屋の主人が寄こされた。得度式に必要な法衣一切の注文を今先生から受けたという。また電話で、

「弟子の法衣は師匠がまかなうものだけれど、あなたは金持ってるだろ。自分で払えや」

といわれる。その頃、先生の体調が急に悪くなり、ガンの手術で入院された。

十一月十四日は、手術直後で、私の得度は先生の畏敬する親友の寛永寺の貫首、杉谷義周大僧正が代行して下さることになった。

中尊寺へ出発前、病院へ挨拶《あいさつ》に伺うと、先生はベッドから、

「明日の式の時間はベッドに正座して、祈っていてあげるから、安心して行きなさい」

と厳粛な表情でおっしゃった。

無事得度を終え、御報告に病院へ伺うと、

「いいお姿になっておめでとう」

と祝福して下さり、帰りぎわの私の背に、

「寂聴さんや、これからはひとりを慎むんだよ」

とおっしゃった。

私が今先生から法師として教えられたことはこれだけである。この一言が、出離後三十四年の私を支え通してくれた。

今先生は、天台宗の高僧で、中尊寺の貫首として、寺の復興を見事に成しとげられ、今日の繁栄を築かれた。また政治家としては自民党の参議院議員として存在感を示されたが、御本人はあくまで小説家としての御自分に愛着をもっていられた。そのせいか、私に対しても、あくまで仏弟子というより、同好の作家としての立場から接して下さった。

国会で「ばかやろう！」を連発して物議をかもすなど、口が悪いので有名だったが、育ちの好さが根にしみついていて、悪党ぶりたがっても、どうしても根の人の好さと上品さが浮び上ってきた。母堂のことを、常々「うちのクソ婆あ」など悪態づくが、心の底では、明治の人にして早々と英語を習得し、平家物語を晩年になっても暗誦するような母堂を心底尊敬していられた。気難しい母堂に気にいられ、よく仕えられたきよ夫人を尊敬し、大切にされたやさしいよき夫であった。

偽悪ぶりたがるのは、生涯ぬけなかった子供っぽさの現れではなかっただろうか。

終生、川端康成氏を友人として大切にしていたし、文学の師として谷崎潤一郎氏には、蔭でも、先生と呼んでいた。

参議院選挙で石原慎太郎さんに得票数で水をあけられると、体面もかまわず口惜《くや》しがったりする子供っぽさがあった。亡くなる前頃、私に笑いながらおっしゃった。

「好きなことやって生涯に悔いはないが、政治にかかわったことが一番愚劣だったな。あれはミスや」

松本清張

北九州市立松本清張記念館（小倉北区）

松本清張（まつもと・せいちょう）
明治四十二年（一九〇九）福岡県板櫃村（現北九州市小倉北区）生まれ。十五歳で高等小卒業後、印刷工などを経て朝日新聞九州支社嘱託（のち正社員）となり広告版下を手がける。戦時中は召集され敗戦を朝鮮全羅北道で迎える。
昭和二十五年「週刊朝日」の懸賞小説に応募した「西郷札」が入選し直木賞候補に。木々高太郎の勧めで「三田文学」に発表した「或る『小倉日記』伝」が二十八年、芥川賞を受賞。転勤で上京し四十六歳で退社、作家専業となる。
三十三年『点と線』、『眼の壁』がベストセラーとなり社会派推理ブームを起こす。「日本の黒い霧」は雑誌連載時から反響を呼び、流行語ともなった。作品は長篇、短篇合わせて千編に及び、その範囲も『ゼロの焦点』、『砂の器』などの小説から『昭和史発掘』などの現代史、古代史まで。その幅広い作家活動に対して、吉川英治文学賞、菊池寛賞、NHK放送文化賞、朝日賞が贈られた。平成四年、八十二歳で逝去。

一に才能、二に才能、三に才能、四に運

松本清張さんの講演は、用意のメモなど一切見ないで、直立したまま、ほとんど姿勢を崩さず同じ声調で、始めから終りまで喋《しゃべ》り通す。

今東光先生や私の話は、聞いてる分には面白いが、話が脱線したり飛躍したりするので、そのままでは、活字にすることはできない。

ところが清張さんの話は、句読点の「。」や「、」まで話の中にくっきりと収っているので、講演をテープでとれば、そのまま活字にして本になる。

どうしてあんな話し方が出来るのだろうと、ある時、私は清張さんに直々に訊《き》いてみた。

「書きすぎて書痙《しょけい》になってから口述筆記にしたので、ここで『、』とか、『。』とか頭の中で入れる癖がついたんだな」

と、けろりとのたまうのであった。

平林たい子さんが何かの折、

「清張は、小説工場のような部屋を持っていて、複数の人がそれぞれの分野を受持って作品を作っているんだそうですよ」

と、確信ありげに見てきたように話した。平林さんの口調はいつでも断定的に力強いので、そうかなと思ってしまう。それを韓国の雑誌に書いてしまったから清張さんは「日本読書新聞」にそんなことはないと反論文を書いたことがあった。

私でさえ、八十五歳のこの年で目の廻るように仕事をしていると、ゴーストライターを使っているのではないかなどと疑われるくらいだから、清張さんのように広汎なテーマを駆使して、しかもコンスタントに質の高い作品を多作しつづけていたら、平林さんのようなそそっかしい人でなくても、そんなことを思いつきかねないであろう。

私は清張さんと今東光一座ドサ廻りの旅を御一緒してから、やはりこの人は天才だと思った。どの旅にも原稿は持ってきている筈《はず》だが、ある種の作家たちのように、いかにも仕事の多いのを誇るような態度や顔は見せたことがない。つきあうところは、ちゃんとつきあい、夜は今先生とストリップを観《み》にもゆくし、その町に秘戯図の図案の骨董品があると聞くと、それを見に出かけたりしている。そんな場合は、いつでも私はさり気なくのけものにされるのであった。

ある時、清張さんと二人になった折に、

「瀬戸内さんも、よく書くなあ」

と話しかけてきた。

「清張さんの万分のいちですよ」

「私は世に出るのが遅かったからな、人の三倍くらい書かんことには死ぬまでに追いつかない

T.Y.

気がして焦るのよ」

と、生真面目《きまじめ》な表情で言われた。

「私も遅い出発だったから、やっぱり焦ってます。でも量より質ですものね。時々怖くなりますよ。その点、清張さんは鬼みたいですね。ずっと質を落さないんだもの」

「ほんまにそう思う？」

「ほんまのほんま！」

清張さんが急に無邪気な笑顔になって小さな声でありがとうといった。

めったに見せないが、清張さんは今先生と私の前では時々笑い声を出して笑うことがあった。あのいかつい顔が、それは無邪気な笑顔になった。今先生の笑顔も天衣無縫で絶品であった。

清張さんの生立が苛酷だったことはつとに知られていた。家が貧しくて高等小学校までしかいけず、給仕や版工をして苦労している。文芸書を読みだしたのは、給仕時代からで、十三、四になっていた。二十二歳で結婚した時も、つとめていた印刷所の主人が死亡し、不安定な暮しだった。朝日新聞の九州支社に臨時嘱託として採用されたが、応召し、朝鮮に渡り、終戦をそこで迎えている。

復員して朝日新聞社に戻り、図案家としての才能を発揮しだした。その頃から、小説を書きはじめ、「西郷札」が「週刊朝日」の「百万人の小説」の懸賞に三等入選し、直木賞候補になる。四十一歳だった。

四十四歳で「或る『小倉日記』伝」で芥川賞を受賞。上京し四十六歳から推理小説を書きはじめ『顔』が日本探偵作家クラブ賞を受賞。社会派推理小説と呼ばれベストセラーがつづき「清張ブーム」がわき起った。もう五十代になっていた。四十半ばで世に出てから数年のうちに空前絶後の大流行作家になってしまった。

今先生のキスマーク事件のあった岡山の旅が終った時であった。清張さんのところに、まさに絶世の美女が迎えに来た。夢二の絵から抜けだしたような嫋々《じょうじょう》たる和服の若い女は、全身から色町の匂いを発散させていた。

「あんないい女が、清張に惚れる筈がない。あれは金が目当だ」

今先生が嫉妬の表情をあらわにして呻《うめ》かれた。

善女も悪女も小説の肥料

今東光先生が嫉《や》っかんで口惜《くや》しがってるのを尻目に清張さんと美女はさっさと私たちとは別の車で消えてしまった。

その美女は赤坂の花街に出たばかりの頃、清張さんと縁が出来、落籍《ひか》されたという。その時、花街の古式にのっとった落籍祝《ひきいわい》をしたので、当時、花街雀のニュースになったとか。清張さんの全盛の時だった。

文士は本来貧乏と相場が決っていて、三文文士に嫁やるなといわれていたのが、この頃から、流行作家になって一度当るとたちまち財を成し豪邸が建つ。そこで世間では、作家とは「家を作る人」と、からかって言うようになっていた。

貧窮から苦学して身を起し、日本一の流行作家になった清張さんが汗と涙で作りあげた巨万を投じて美女を手に入れたとしても、誰も文句のつけようはないだろう。しかし彼女はあくまで日蔭の女であった。

一目で清張さんの心を捕えたその美女は、心根のやさしく純情な気質であった。

ほどなく、清張さんが大病をして、長い入院をすることになった。相当な病気で手術もした。

当時、清張さんの連載誌の編集長で、お気に入りの人がいた。人物を信頼され、彼女のことも打ち明け、連絡係りの役も命じられていた。仮りにKさんとしよう、ついでに彼女はA子と呼ばせてもらう。

清張さんの病気が全快し、またもやいや増して仕事をこなしていた頃であった。

Kさんと仕事の話で逢った時、世間話からいつの間にか清張さんとA子の話に及んでいた。

「あの入院の時はほんとに困りましたよ。A子さんが、身も世もなく心配して、どうしても病院へ見舞につれてってくれというんです。公けには見舞えないので、私と一緒にいって、病室

Seicho
Matsumoto
T.Y.

に見舞客のない時を私が見計らって、A子さんを病室に入れるという段取りです。ところが見舞客も多いし、家族の方がいらっしゃるし、病室に案内するチャンスがなかなかないんです。病室からすこし離れたところに待合所コーナーがあり、そこに一緒に待っていました。A子さんがそのうちしくしく泣きだして、私の肩に寄りかかって泣くんです。向いの椅子に初老の男がいて、その様子を見て、私がひどい男で、美女を泣かせていると誤解したらしく、怖い目つきでこちらを睨《にら》みつけるんですよ。年格好からいえば、私とA子さんの方が先生より釣合いがとれていますしね」

Kさんは編集者には惜しい美男子でもあった。その時、KさんがA子さんに、

「そんなに先生を愛してるんですか」

と訊いたそうだ。A子さんは即座に、

「愛していますとも！　私、自分の命をさしあげても、先生に治っていただきたい」

と、また身をもんで泣いたそうだ。

「先生のどこがそんなにいいんですか？」

「全部です。あんなやさしい方はありません。あんな真面目な方はいらっしゃいません！」

Kさんは恐れいって、清張さんの魅力を再確認させられたという。

A子さんの他にもう一人の女性の件がある。C子さんとしよう。C子は清張さんが猛烈に書

きはじめた頃縁が出来た女だったが、これは悪縁で、清張さんはこの女にひどい目に遭っている。結婚願望の強い人で、結婚を迫られ清張さんは困り果てた。

清張さんは長い歳月苦楽を共にして、尽しつづけてくれた糟糠《そうこう》の夫人がいて、その人を大切にしているし、離婚など思いも及ばないことであった。

ところがC子はどうしても清張夫人の座が欲しく、あらゆる難題を吹きかけ、手を尽して自分の欲望をとげようとした。

たまたまその後、私はある雑誌から、彼女の一代記を書けと依頼され、取材したことがあった。豊満な肉体に和服を色っぽく着こなした女で、小説になるような数奇な運命をたどっていた。私は取材の途中で、彼女の口から悪しざまにいわれる清張さんが気の毒になり、書く気が失《う》せ、その仕事を降りた。

「私を書きたいっていう、××さんのような一流作家も、〇〇さんのような文壇の大御所もいるのに、降りるなんて、情ない人ね」

といわれた。

ずっと後になって、清張さんからふっと言われた。

「一度お礼をいわなければと思っていたんだ。C子の件で、書かなかったこと、ありがとう」

「悪縁でしたね」

「そうともいえないんだ。C子のおかげで、ぼくは悪女というものを初めて識《し》った。あれ以来小説に悪女が書けるようになった。心の中では恩人と思ってるんだ」

河盛好蔵

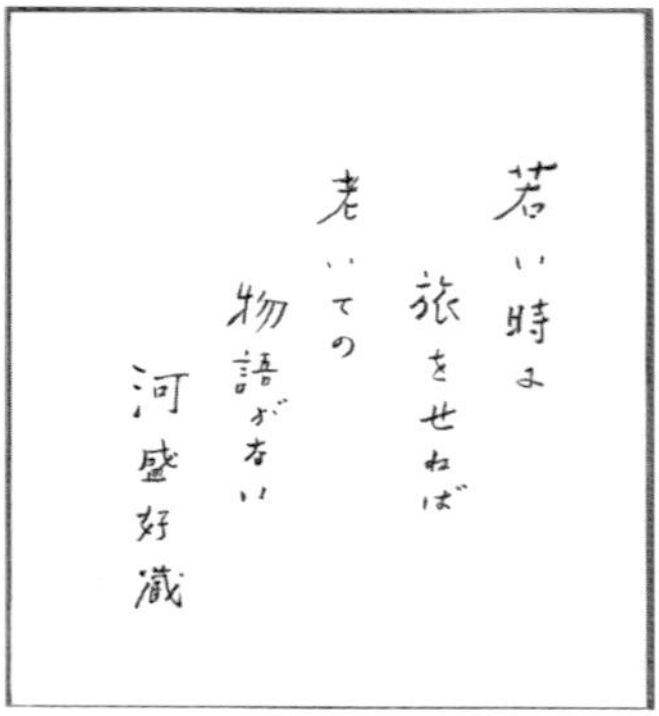
若い時に
旅をせねば
老いての
物語がない
河盛好蔵

直筆色紙

河盛好蔵（かわもり・よしぞう）

明治三十五年（一九〇二）堺市生まれ。京大卒。在学中に中野好夫、吉川幸次郎、桑原武夫らと親交を深める。昭和三年からフランスに留学し、モンテーニュ、アラン、モーロアなどのモラリスト文学を研究。帰国後上京、ファーブル『昆虫記』を三好達治と共訳、杉捷夫の紹介で立教大教授となり、翻訳、評論、エッセイなどを精力的に発表。ジャーナリズムでのフランス文学紹介に努めた。終戦直後に新潮社顧問、その後、東京教育大教授、共立女子大教授などを歴任した。井伏鱒二ら多くの文壇人と交流、宇野千代の雑誌「スタイル」に発表したエッセイ集『新釈女大学』（十八年）がベストセラーとなり、戦後は人生論、女性論でも人気を集める。主な著作に『フランス文壇史』（読売文学賞）、『パリの憂愁』（大佛次郎賞）、『藤村のパリ』（読売文学賞）など。六十三年、文化勲章受章。平成十二年、九十七歳で逝去。

手相で縁の出来た奇縁の人

一葉の小さな写真がある。

場所は香川県の栗林公園で、人のいない公園の遊歩道の中を、暖かそうな見るからに上等らしいオーバーを着た大柄の紳士と、縞《しま》のコートをちょっと小粋に着こなした和服の小柄な女が寄りそって歩いている。

写真から声は聞こえないが、なごやかな会話をしている風情がほのぼのと伝ってくる。父と里帰りした娘の散歩姿のようにも見えるし、裕福な実業家の旦那《だんな》と世をはばかる愛人の小旅行中のスナップのようにも見える。

あたたかな情味のただよう写真である。

男は河盛好蔵氏で、寄り添う女は有髪の瀬戸内晴美時代の私である。

河盛先生は一九〇二年生れなので、一九二二年生れの私とは丁度二十年の年齢差である。早まって産んでしまった娘であっても、年の差のある愛人であっても不思議ではない。私の好きな写真の一つである。

「婦人公論」の企画で、講演旅行にお供した時のスナップだと記憶している。

私の四十前半、先生の六十前半の頃だったのだろう。

それから十年も過ぎてお逢いした時、先生は、にこやかな笑顔でおっしゃった。

「瀬戸内さんと、はじめて講演旅行に行った時、手相を観《み》てもらいましたよ。覚えていますか」

「はい、先生と栗林公園を散歩しましたね」

「そうそう、朝早くて、誰もいなかった。ところで、あの時のぼくの手相を覚えていますか」

「いいえ、誰の手相もその場限りでみんな忘れています」

私は女子大時代から自己流で手相観の基本を覚え、誰彼の手相を観るのを、人とのつきあいの手段に使っていた。銀座のバーなどでは、私の顔を見るなりホステスが寄ってきて、手相を観てくれといい、大いにもてたものである。その手段を畏《おそ》れ多くも河盛先生にまで用いたというのであろうか。

「あの時、ぼくは大そう長命で百まで生きる、生涯金には困らない、家族に信頼され、恋女房との間に生れた子は親孝行。先天的に多情でインランだけれど、理性でコントロールし、色ごとで身を誤ることはない。ああ、およそつまらない運命ですねといった」

「まさか！」

「ほんとですよ。ぼくはしっかり覚えています。あんまり当ったので、瀬戸内さんの手相観の才能は大したものだと感服した」

私は恐縮して穴があったら入りたいと思ったが、更に後年、先生のお宅へ訪問出来た時、私

河盛好蔵
T.Y.

の手相観が、ほぼ当っていることを確認した。奥さまは嫋々《じょうじょう》とした美人で、たしかに恋女房だったし、御家族は河盛先生を信頼しきっている様子が、先生を大切にされる言動の端々ににじみ出ていた。

二〇〇〇年三月に亡くなられたので、数えなら九十九歳で、まあ百歳の長命といってもいいだろう。

堺市の裕福な商家に生れた先生は、生涯貧しさには無縁の好運な方で、二十六歳から二十八歳まで三年間フランスに留学された時も、

「家から充分に仕送りしてもらったので、金には全然困らなかったですよ。あれは遊学だったな」

と笑って言われた。必要以上の留学費を送られていたので、パリでの生活を楽しく満喫したと淡々と言っても、それが気障《きざ》にも傲慢《ごうまん》にも聞えないのはお人柄というべきだろう。

お逢いして話していただくと、話題は汲《く》めども尽きぬ態に次から次へと発展し、博識の広範ぶりに圧倒されるが、独特の話術で人をひきつけ、愉《たの》しませ堪能させてくれる。

堺生れの河盛先生は、堺中学、三高、京都大学仏文科卒で、純粋の関西学派であり、更にソルボンヌ大学で磨きをかけた生粋のフランス文学者である。

ジャン・コクトーの『山師トマ』やファーブル『昆虫記』（三好達治と共訳）で、私は少女時

代から先生の名前に馴染《なじ》んでいたが、現実にお逢いしても、フランス文学の泰斗といういかめしさは全く感じさせられず、物わかりのいい親類のインテリの伯父さんというような親しさを与えてくれるのも、生粋の関西人でサービス精神のあるせいかもしれなかった。

「これだけは注意しなさい。新幹線の中では絶対本を読まないこと。われわれ物書きは目が命ですからね。乗物、特に新幹線の中で読むと、目を悪くしますよ」

そんな親身な注意もしてくれるやさしい方であった。

金持の息子でもドラ息子とは限らない

出家して何年すぎた頃だっただろう。突然、何の前ぶれもなしに、寂庵に訪れた客があった。門をあけると、そこに、井伏鱒二、河盛好蔵、永井龍男のお三人が立っていらっしゃる。永井さんが先頭に立ち、三人で京都へ遊びに来て、嵯峨野に寄ったから、寂庵へ来てみたとおっしゃる。日頃尊敬している文壇の長老たちを三人も迎えて、私は舞い上ってしまって、どうおもてなししたかも覚えていない。

寂庵から祇園の「みの家」に御案内したことだけは覚えている。私は女だてらに身銭を切って祇園通いをして、日経新聞に「京まんだら」という小説を連載し、大当りをとった後であった。その小説を永井さんが思いがけなく愛読して下さり、河盛先生にも「京まんだらを読んでみろ。あれは金がかかっているぞ」とすすめて下さったそうで、その日もそんな話のついでに寂庵奇襲を思いつかれた模様であった。

お茶屋でも河盛先生は床の間を背に悠然と構えられ、それがまた三人の中で一番板についたお旦那ぶりであった。

その後、河盛先生は脳梗塞にかかられ、それは手術もしないで治されたが、左半身は不自由になり、車椅子を用いられるようになった。

そうなってから、私は念願の対談をさせていただいた。戦後しばらく、河盛先生は新潮社の編集顧問をされていたこともあった。河盛さんと斎藤十一氏が組んで編集していた頃が新潮社の黄金時代といわれている。

永井龍男さんとは気を許し合った仲で、

「あれは粋な男ですよ。文藝春秋の編集者をしていた頃も大したもんです。僕は色々教わりましたよ。雑誌というものは入り口が必要だ。『文藝春秋』に『目・耳・口』っていうのがある。あれが入り口で、読者は一番先にあれを読む、とか、色々教わりました。中でも菊池寛の偉さを教えてもらったことです」

「近頃の小説は面白くない。面白かったら悪いみたいな風潮がある。小説でも随筆でも面白くないのはよくない。本が売れなくなった原因は、ゴシップを嫌悪する風潮が強くなったからだ。

T.Y.

文学といえば人生のゴシップですよ。小説の中で、ちょっと息をつくところがなくちゃね」

そんな話の後で永井荷風に逢った時、荷風から、国際結婚の場合、男が外国人だと結構長続きするのに、女が外国人の場合、比較的別れが早いのはどういうわけだろうと訊《き》かれた話をなさった。

「そこで僕は、片岡鉄兵から聞いた話の請《う》け売りを喋《しゃべ》ったんです。外国の女性はお尻が熱い。それで同衾《どうきん》生活を続けると暑苦しいので、すぐ飽いてくる」

私はただ感嘆して拝聴するばかりであった。

その時先生は九十四歳で、私は七十四歳だった。百を越そうと思っていると、はっきりおっしゃり、肌もつやつやして、頭脳の冴《さ》えは至極明晰《めいせき》冷徹そのものであった。

長寿の秘訣はよく笑うことと言下に答える。

「来年は家族とパリへ出かけるつもりです」

とさらりと言う。二十六歳の留学の時は、最も贅沢《ぜいたく》な船旅で出かけ、パリの学生たちに百万長者の息子かと仰天されたという。フランス人は、列車や飛行機より、はるかに費用の高い船旅の出来る者を金持と信じている。

「昔は親からいくらでも送金してもらえたけれど、やっぱり遠慮がある。今度は自分のお金を持っていますからね。今度の旅の方がはるかに快適でしょう」

と。若い時の留学の時は薩摩治郎八がパリでロールスロイスを乗り廻していた頃で、岡本太郎も遊学中だった。

「太郎は一平の子だから、われわれは、彼を半平と呼んでいましたよ」

と笑わせてくれる。

その対談から二カ月ばかり後、遠藤周作さんの一周忌のパーティーの席で車椅子の先生にお逢いした。「遠藤さんの小説お好きですか」と伺ったら、

「あの人の真面目な小説は一つも読んでいない。狐狸庵ものの随筆がおもしろい」

と答えられた。それからちょっと声をひそめて、

「あなたの訳の源氏で、僕がフランス語の源氏を書きますよ。それを伝えたくて実は今日きたんです」

びっくり仰天している私に、

「あなたのような人にこそノーベル賞が来るべきです」

と声を強められた。私はひっくり返りそうになった。その後半年ほどして先生から連絡があった。

「やっぱりフランス語で書くのはもう自分では遅すぎる。私よりずっと若いうまい人を紹介します」。その人は梅原龍三郎氏の令嬢の嶋田紅良さんで、八十二歳だった。

里見弴

山内家墓所

里見弴（さとみ・とん）

明治二十一年（一八八八）横浜市生まれ。本名・山内英夫。兄は有島武郎・壬生馬（生馬）。母方の実家の養子となるが、有島家で育つ。学習院時代から志賀直哉の影響を受け、東大入学（まもなく退学）後の四十三年、雑誌「白樺」創刊に参加する。

大正五年、最初の短篇集『善心悪心』が泉鏡花の推薦で出版され、以後、精力的に作品を発表。八年、吉井勇、久米正雄らと雑誌「人間」を創刊。関東大震災後の十三年、独自の「まごころ哲学」を説いた『多情仏心』を刊行する。主な著作に『安城家の兄弟』、『道元禅師の話』、『恋ごころ』（読売文学賞）、『極楽とんぼ』、随想集『五代の民』（読売文学賞）など。作品の多くが映画の原作となったが、『彼岸花』は小津安二郎監督の依頼で原作として発表された異色作。東京裁判に証拠として提出された「原田日記」の整理・校訂も行った。昭和三十四年、文化勲章受章。五十八年、九十四歳で逝去。

放蕩者の道徳観

自分の生涯で、この人に逢えてほんとうによかった、幸せだったと思える人が一人でもいたら、その人はほんとうに幸せな人生を送ったことになろう。生まれてきた甲斐があるというものである。

夫婦とか恋人とかいう関係を結んだ相手は、もちろん縁の深さに於《お》いて、めぐり逢うべくして逢った格別の関係である。

そういう男女のなま臭い関係ぬきで、この世でこの人にめぐり逢えて幸せだったと思う一人に、私には里見弴先生がいる。

里見弴は、有名な有島武郎と生馬の弟で、三兄弟とも芸術家の素質に恵まれ、武郎と弴は小説を書き、生馬は画家として名を上げた。

武郎の『或る女』は今読んでもいきいきとして面白く日本の近代文学の中でも傑作の一つだと思うが、武郎を有名にしたのは人妻と不倫の関係になり、軽井沢で心中したことであった。

今のように不倫が日常茶飯事のようにありふれたことになっている実情とちがって、まだ女の、それ以上に妻の貞操の純潔が貴ばれ重んじられていた時代で、姦通罪《かんつう》が君臨していた。夫の不貞は大目に見なされていたが、姦通は厳禁されていた。

武郎は作家としてだけではなく、北海道の自分の農地を開放したりして、右も左もなく世間から格別の人として尊敬されてもいたので、この事件は世人を驚愕《きょうがく》させた。相手は中央公論社の評判の美人記者の波多野秋子だった。妖艶《ようえん》な美女でいわゆる新しい女の先端を生きる秋子が、武郎に惹《ひ》かれ、情熱的に恋をしかけ、その魅力に武郎が抗しきれなくなったという次第だが、秋子の夫の春房が、この事件を摑み、執拗《しつよう》に武郎を脅迫し、心中に追いこんでしまったというのが実情であった。一万円で秋子を買うか、姦通罪で牢《ろう》に入るかと迫られた時、武郎は恋人を金で買えないと思い、心中を選んだ。後世になって研究家の調べで大方事の次第は報道されているが、当時としてはこのスキャンダルは衝撃的であった。その十一年前、北原白秋が隣家の人妻と恋に落ち、夫に訴えられ、獄につながれた事件があった。詩人として人気出盛りの白秋はこの事件を金で解決して許されて出獄したものの、その後、長い挫折の不遇の時を強いられている。

なぜ弴との想い出の初めにこの事件を取りあげたかといえば、長いつきあいの間で、様々な貴重な話を聞かせてもらったが、長兄の心中事件の話が実になまなましく、半世紀も経っているのに、その話をする時の里見弴の表情に深い苦渋の色がかくせなかったのが、強く印象に残っているからである。

事件の直後、弴は有島家の代表として（生馬は不在のため）軽井沢の警察に行くはめになっ

T.S.
T.Y.

た。同行者は淳の一番上の姉の夫であった。「なかなかいい署長だった。二人とも現場の写真があってね。『これ、どうしましょう』というんだな。姉の亭主は決断がつかないような顔をしていた。ぼくは『そんなものは、永遠になくした方がいいと思います』といったんだ。『それではそうしましょう』と言う。その頃、警察の灰落しは鉄の鋳物だった。写真のガラスの種板を包んであるのが机の上にあって、その上から鉄の灰落しで署長がガチャン、ガチャン。これでおしまい。何も残らない」

この事件で、淳は終生、武郎が悪いと思っていて、心中事件を「あの事件は不愉快の一語に尽きる」と称していた。コキュにされた春房の怒りは当然という見解だったので、春房に何をされるかわからないと思い、ほんとにこわかったと、表情を固くして話された。

「ぼくは恋愛至上主義じゃないよ」

という淳が品行方正かといえば、全く反対である。養子に入った山内家は五万円の資産があると聞かされると「それじゃ、小説を書く」とはりきったのはいいが、その五万円を文学に使わず、放蕩《ほうとう》だけで使い切ってしまう。

山内家は淳たちの母の里で、資産家だった。淳の放蕩は専ら色町であった。

生涯誰よりも尊敬愛慕していた泉鏡花と吉原へ登楼した時の記事が雑誌に出ている。

何でも訊《き》けば話して下さったが、その話の中で、筆おろしは十九歳の時、家にいたいい加減年増の醜い女中に犯されて、それが情けなくて、自分の純潔も人生もこれでお終《しま》いになったと、本気で自殺しようと思い、感電自殺を計ったが、失敗したなど淡々とおっしゃる。

「情けなくて泣いていると、そいつが泣くほどのことじゃありませんよと言いやがる。口惜《くや》しくってね」

赤坂の売れっ妓の名妓を落籍《ひか》せて、晩年を過した鎌倉の別宅で、女の亡くなるまで添いとげたお良さんという愛人がいた。本宅の正妻、子供たちの想いも斟酌《しんしゃく》しない。全く気儘《きまま》な自由人だった。

小説家の小さんと、志賀直哉に言わせた名人芸の腕

夢にも考えたことのない里見弴のお宅訪問という大事件が襲来したのは、一九五八年（昭和三十三）で、私の三十六歳の時であった。

その頃、私は前衛的な小説を書く小田仁二郎と月の半分は暮らしている関係だった。小田仁二郎は、「触手」という小説で認められたが、その後文運がつかず、一向に売れなかった。頼りにしていた丹羽文雄氏主宰の「文学者」が突然休刊されたので、私たちは若い仲間を誘い、数人で同人雑誌「Z」を出した。そこに小田は「写楽」を書いた。それを読まれた弴先生が、人を通じて遊びに来てもいいと誘って下さった。

直接逢って「写楽」の批評を伺えるというので、小田仁二郎は珍しく興奮していた。私はミーハー的興味だけでも、白樺派の生き残りの文豪に会うというので、舞い上がっていた。お酒が何よりの好物と伺ったので、お好みだという菊正を二本提げて、私たちは、鎌倉へ出かけていった。

鎌倉扇ヶ谷のお宅は御本宅ではなく、弴先生の相思相愛だったお良さんとの愛の巣であった。こぢんまりした上品な二階屋で広い前庭の奥にあった。いかにも隠れ家めいた雰囲気で閑静そのものだった。

お良さんは先生に先だってすでに亡く、お良さん時代からの若いお手伝いが先生のお世話をしていた。お良さんは猿之助（二代目）と争って勝ち取ったという専《もっぱ》らの噂である。

玄関にたどりつくと、先生が直々出迎えて下さり、

「やあ、いらっしゃい」

と、まるで旧知のような親しさで招じ入れて下さる。庭に面した和室に通された。早速、酒盛が始った。酒の肴はすでに用意されていた。十四の時からお良さんにお茶の炮《ほう》じ方から漬物の切り方まで、先生好みを徹底的に仕込まれたお手伝いは、お良さんの遺言を守り、先生に本宅への里心がつかないように仕えているとか。

先生のお酒はいかなる場合も手酌である。客にも絶対酌をしない。その話は有名なので、私

T.Y.

たちもはじめから遠慮せず手酌でいただいた。私の呑《の》みっぷりをごらんになって、

「ほう、いけるんだね」

と楽しそうにおっしゃった。「写楽」について、小田仁二郎が泣き出すのではないかと思うほどほめて下さり、私に向かっても、

「きみの小説も読んだよ。ところで何が書いてあったかさっぱり思い出せない。いいかい、小説というのは、一行でもいいから、読者の記憶に残るところがないとだめなんだよ」

私はあんまり率直な感想を聞かされ、思わず笑ってしまった。

「ね、そうだろう?」

「はい、そうです。これで私は先生と晴れてお呼びしてもいいですね。もう弟子ですものね」

蓴先生は、「こいつめ」という表情で、さも楽しそうな笑顔をなさった。ついさきほど、終生敬愛しつづけた泉鏡花に対して、はじめは決して先生といわず、泉さんと呼びつづけていたと話された。ある時、蓴先生の小説の一行について、鏡花が「……だぞ」とある会話は「ぞ」がいらないと注意して下さった。それ以来、先生とお呼びし始めたという話があったばかりだった。いくら尊敬していても、ものを教えてもらったこともないのに、先生だと思うのは僭越《せんえつ》だとおっしゃった。

「こいつをよくしてやろうというお気持ちがなければ、文章を直してなんか下さらない。文章

を直して下さった以上、お心を許していただけたと思い、先生とお呼びできた」といわれた。広い庭の向うの塀に近く、一本の大きな猿滑の木があった。その木の枝がいくらでもしゅっしゅっと伸びる。秋までにその枝を剪《き》ってしまわないと、来年いい花が咲かないそうだ。先生は、小田仁二郎に向かって、

「きみ、木登り出来る？　あの枝剪ってくれないか」

といわれた。彼は即座に庭に降り、木に登りはじめた。運動神経が鋭いとも見えない小田の木登りに、私は仰天して思わず自分も庭に降り木の下に行って、はらはらして見上げていた。

「あの時は、面白かったね。きみは木の下をぐるぐる走り廻って、小田くんに、もういいから、早く降りなさいって、必死に声をかけている。その愛情ったらなかったね。あれ以来、ぼくらは仲好しだ」

と、後年までよくからかわれた。

小説の名人に読んでもらってほめていただけたから、文壇で無視されても満足だと、小田仁二郎はこの日のことを感謝しつづけていた。長時間、全く無名の私たちに一度も恥しい想いや気まずい想いをさせず、親切に遇しつづけて下さった里見弴のやさしさは、天性のものなのだろうか。それは慈悲と呼ぶにふさわしい仏心の愛であった。

小田仁二郎が死亡した後も、私は弴先生とますます深く御縁を深めていった。

粋人になるには元手がかかる

私はどういうわけか、人とつきあう時、必ず自分が相手をおごってしまう。自分より目下の友人なら当然として、自分よりあきらかに目上の人の場合でも、私がお金を払うはめになる。ところが、いつでも私が一方的におごっていただく作家が二人いた。川端康成と里見弴である。弴先生は、年に何回か京都にいらっしゃる度、嵯峨野の私の寂庵をお訪ね下さり、歩いて数分の祇王寺の庵主智照尼に声をかけられお招きになられた。

智照尼は弴先生からのお招きには必ず喜んで馳《は》せ参じた。智照尼は若き日、千代葉の名で大阪の色町から舞妓《まいこ》に出るなり、天性の美貌で人気を取り、若くてハンサムの旦那《だんな》もつき、人に羨《うらや》ましがられたが、旦那に梨園《りえん》の人気役者との間を疑われた。千代葉は身の潔白を示すため、左手の小指を自分で切ってみせた。旦那はかえってそんな大胆なことを決行する千代葉を怖しがり、縁を切った。他の客たちからもうとまれた。まだ十五歳だった。その後上京して照葉を名のり、東京では小指を切った照葉の一途さと激しさが人気を呼び、売れっ妓になり、ブロマイドまで出た。そんな照葉を赤坂の人気芸者菊龍（通称お良、本名遠藤喜久）が、何かにつけ、かばい、力になってやった。照葉も菊龍を姉のように慕っていた。

美貌が仇《あだ》になり、照葉はその後も波瀾《はらん》万丈の身の上をたどり、ついに三十八歳で尼になって嵯峨野の祇王寺の庵主になってしまう。

T. Y.

「尼になった照葉が鎌倉の僕の家へお良を訪ねて来て泊った時にね、照葉がぼくに色目を使ったとお良が嫉《や》いて、とても冷たくして追い出してしまったんだよ。全くお良の邪推で、何もなかったんだ。その時智照尼は一言も弁解せず、帰って行った。そのことが気の毒であわれで、ずっとぼくはすまなく思っている。今、祇王寺の尼にやさしくするのは、そのお詫《わ》びのつもりだよ」

寂先生は私にしんみりした表情で打ち明けて下さった。二人の尼を同道して、すっぽんの大市や、嵯峨野平野屋の鮎宿、上七軒《かみしちけん》のお茶屋などへ遊びにつれていって下さった。

智照尼は九十八歳で亡くなるまで寂先生に最後の恋心を抱いていた。

祇園でも上七軒でも寂先生の遊びは際だって粋を極めていた。輿に乗ると妓たちの腕や長襦袢に墨痕鮮やかに名筆を振った。有髪の時の長襦袢に私は「多情薄情」と書かれたものだ。

心くばりが細やかであくまで優しいので、女たちはみんな寂先生になつき慕った。

しかし、寂先生はただ優しく甘いだけの人ではなかった。

ある日、私に向って、いつにない厳しい表情でおっしゃった。

「君、小説を書くのなら、本当に強い心を持たなければだめだよ。ぼくなんか、志賀から来た絶交状の葉書一枚を、仕事机の前に貼って、九年間、それをずっと毎日にらんでいた。この葉書に対して、自分は絶対いいものを書いてやると思いつづけて、努力した。それくらいの激しい気持ちを持たないと、小説なんて書けないよ」

私はその教えを今でも心の奥にしっかりと貼りつけている。

志賀直哉は「白樺」では弴先生の兄貴株で、はじめは、二人の仲は親密で、弴先生は、恋心に似た気持ちさえ抱いていたという。しかし、ある日突然、一方的に「汝、けがらわしき者よ」と書いた葉書が来て、絶交になった。理由は全くわからなかったと、弴先生はいわれた。晩年さすがに仲直りは自然に出来、行き来するようになっていたが、もしその葉書がなかったら、果して里見弴の作家としての大成があったかどうか。運命の不思議である。

先生のおしゃれは人の追随を許さないものがあった。晩年、脳溢血にかかられ脚が不自由になってからは、たっつけスタイルになられ、足許は中国靴を穿《は》かれていたが、たっつけの素材は目の飛び出るような高価な結城紬や大島であった。

最晩年、先生九十四歳、私六十歳の時、雑誌「新潮」で、三時間以上の対談をお願いしたことがあった。その時、先生は中国服をお召しになっていた。震災ですっかり焼かれた時、横浜の中国人に作らせたもので、当時、洋服が二十四、五円の時、八十円したという。それでも和服の礼服より安くつくといわれた。六十年経つのにそれはとても美しかった。

荒畑寒村

『寒村自伝』上・下（岩波文庫版、昭和50年）

荒畑寒村（あらはた・かんそん）
明治二十年（一八八七）横浜市生まれ。本名は勝三。高等小卒業後、十六歳で洗礼を受ける。三十七年、堺利彦、幸徳秋水らに刺激を受け社会主義協会に入会。四十年、「平民新聞」記者となり足尾鉱毒事件を取材し『谷中村滅亡史』を出版。翌年、赤旗事件で入獄。その後も当局の弾圧で入出獄を繰り返す。大正元年、大杉栄と雑誌「近代思想」を創刊し、小説・評論などを発表。その後、大杉とは離れ、労働組合運動に力を入れる。日本共産党結成に参加するが後に離脱、山川均らと労農派を結成する。
戦後は日本社会党結成に参加、衆議院議員に二度当選するが、脱党。昭和二十六年以降は文筆活動に専念した。主な著作に『ロシア革命前史』、『反体制を生きて』、『寒村自伝』（日経・経済図書文化賞、毎日出版文化賞、朝日文化賞）など。五十六年、九十三歳で逝去。

ピストルで仇討に行くコキュの情熱

はじめて荒畑寒村氏にお会いしたのは、一九六八年（昭和四十三）の春であった。私の四十五歳の時で、寒村氏は八十歳だった。

私は四十三歳の時から『美は乱調にあり』『諧調は偽りなり』を書き、大杉栄や伊藤野枝の周辺を書きつづけていた。その仕事の副産物のように、日本で唯一人、女革命家として、大逆罪で死刑になった管野須賀子を主題にして書きたいと思い、その仕事に取りかかっていた。前の二作で、大杉栄と共に革命運動をしてきた荒畑寒村についても書いていたが、御本人に逢って取材したことは一度もなかった。当時の生き残りの人といえば、フリーラブを主張した大杉栄の恋人で、伊藤野枝に大杉を奪われ、葉山の日蔭《ひかげ》の茶屋で大杉を刺し、自首して獄に下った神近市子と、青鞜の主宰者平塚らいてうくらいであった。男では荒畑寒村がいたが、とても怖くて取材の申し込みなどする勇気はなかった。

衆議院議員になっていた神近さんに取材した時、大杉と野枝のことは糞味噌《くそみそ》にこき下ろしたが、

「寒村さんはまっすぐないい人よ。純粋で純情です。取材のお願いしてみたら」

と好意的だった。

「野枝は何だか臭《くさ》いような気がしたわ」

「臭いって体臭ですか」

「さあ、何かしらないけれど洗ってないいような感じ」

と辛辣《しんらつ》であった。しかし野枝は、ダダイストの辻潤と女学校の時、師弟の域を越えた仲になり、辻潤はそのため、英語教師の職を追われた。二人は結婚し、人妻でありながら、市子から大杉栄を奪った魅力があった。二人の男の外にも野枝に言い寄った男たちがいたから、男には性的魅力があったのだろう。

関東大震災のどさくさまぎれに、大杉と野枝と大杉の六歳の甥《おい》の橘宗一が憲兵隊に捕えられ、甘粕大尉らに虐殺されたのは、有名な実話である。

寒村は、少年時代から平民社の堺枯川（利彦）に私淑し、そこで同年輩の大杉を知り親友になった。

枯川の命令で紀州の田辺の牟婁新報を手伝いに行っていた時、そこへ来た管野須賀子と出逢い、京都へ帰った須賀子の後を追って行き、そこで年上で恋のベテランの須賀子に誘惑されて結婚してしまっている。

寒村が赤旗事件で、枯川や大杉たちと一緒に千葉の刑務所に捕えられていた留守に、須賀子は彼らの指導者格の幸徳秋水と通じてしまった。

T. Y.

獄中でそれを聞いた寒村は、出所した時、ピストルを手に入れ、二人を殺しに出かけるが、一足ちがいで出会えず、目的は達しなかった。しかし二人とも権力によって捕えられ大逆罪の名のもとに死刑になっている。

とにかく荒畑寒村は劇的な生涯を送った人物である。

神近市子の言の通り、私の取材申込みの手紙に早々と寒村さんの返事をいただいた。格調の高い美しいペン字であった。指定された日時に、私は茅ケ崎の寒村家を訪れた。

こざっぱりとした棲居《せいきょ》はささやかながら品格があり、応接に出られた初枝夫人は知的な表情と物腰の感じのいい方であった。

座敷に招じられたが、口を開くとすぐ、寒村氏は声をひそめて、

「いただいた『美は乱調にあり』読みましたよ。よく調べている。人物も生きています。ところで管野のことは、どうも家内の前では話辛いので、東京へ行って、飯でも食いながら話しませんか」

といわれる。願ってもないことなので、早速その場から二人で銀座の「浜作」へ行くことになった。初枝夫人は機嫌よく見送ってくれた。

はじめて逢った寒村さんは、八十とは見えない美男子で、細身に上質の紬《つむぎ》の対の和服がよく似合い、何となく粋で、革命家というより、詩人といった風情があった。

銀座までの車中、若い時代のことを何年何月、どこで誰が……という正確な記憶力で、矢継ぎ早に話してくれる。声が明晰《めいせき》なのと、話術が噺家《はなしか》並なので、ひたすら聞き惚《ほ》れているばかりであった。

枯川のこと、大杉のこと、平民社の人たちのこと、赤旗事件のこと……何を聞いても、私はただ嘆息をもらすばかりであった。

ちょっと声がとぎれた時、やっと私が質問した。

「今、先生が一番のぞんでいらっしゃることは何でございますか」

今までと違う一段低い沈痛な声がかえってきた。

「もう一日も早く死にたいですよ。ソ連はチェコに侵攻する。中国はあんなふうだし、日本の社会党ときたらあのざまだし、一体自分が生涯かけてやってきたことは何になったのかと、絶望的です。人間というやつはどうも、しようのないもんですね。この世はもうたくさんだ」

最後のことばは嚙《か》んで吐き出すような口調であった。

恋と革命の情熱と純情

銀座の浜作の二階を予約してあったので、そこで二人差し向いで、料理を食べながら三時間ばかり話をお聞きした。

口跡がよく演説の上手なのは、つとに有名な話で、寒村氏がさる大学でした演説などは、しっかりと背をのばし、腕を大きくふり、ジェスチュアたっぷりの名調子で、学生たちは酔ったようになって聞いたという噂が伝っていた。料亭の二階で差し向いの話でも、喋《しやべ》り方が堂々としているので、内緒じみた色っぽい雰囲気にはならず、そのままラジオに流したいような名調子であった。

大杉栄は心を許しあった親友だったが、フリーラブを称えだし、堀保子という妻がありながら、女性新聞記者として職業婦人の先端を走っていた神近市子を恋人に持った。更に辻潤の妻で二人の男の子の母の伊藤野枝との不倫を天下に公表し、フリーラブだと見得《みえ》を切ってみせた。

「あんまり、女にだらしがない点が許せなくなってしまって」

下戸の寒村氏は、ひどく生真面目《きまじめ》で誠実なところがあるのがすぐわかった。

管野須賀子についても、何もかくしたりつくろったりする点はなかった。

京都の荒神口の女の下宿で、はじめて結ばれた時、

「どちらが先に手をだしたんですか」

と私が不躾《ぶしつけ》な質問をすると、

「そりゃ、須賀子ですよ。真夏で蚊帳を吊《つ》ってあって、彼女は洗い髪に浴衣の寝間着姿だった。蚊帳の裾《すそ》を持ちあげて早く入れとぼくを誘ったんです」

T.Y.

生真面目な口調でにこりともせず言うので、エロチックな感じはしない。

須賀子が隆鼻術をしたことを私が調べていて、それにいつ気づいたかと問うと、

「千葉の監獄へ、彼女が面会に来た時、鼻の様子が変っていてすぐ気が付きました。大体、盤台面でしたからね。赤旗事件のどさくさの時、彼女も捕って、警察で巡査に、

『何だ鼻ぺちゃのくせに生意気な』

と言われて、かっとなって手術したといってました。これは、あとで枯川さんから聞いた話です。ぼくは幸徳秋水を絶対許しません。何しろ、こっちは監獄にいて、戦い様もない状態の時、部下の女房を盗むというのは卑劣極まりない所業です。それに、二人が大逆事件で捕えられていた時、秋水は別れた妻に手紙を出して復縁を望んでいるんですよ。それを知って須賀子は獄中から秋水に離縁状を叩きつけています。須賀子の純情と情熱を踏みにじった態度は、男らしくない。あれでは須賀子が余りに可哀《かわい》そうです」

目に涙を浮べて、裏切った妻に同情する。私はその日の取材で、須賀子を書いた『遠い声』の構想がほとんどまとまってしまった。

この小説が仕上った時、寒村氏は、私の前に両手をつかんばかりに頭を下げ、

「管野須賀子のために立派な何よりの墓標を建ててやってくれて、ありがとうございます。彼女の霊もどんなに喜んでいることでしょう」

と、几帳面《きちょうめん》に礼を言われた。

革命家として歴史に残る人物になまで逢ったのは、はじめてであったが、この縁から寒村氏との交際は深まり、氏の亡くなるまでつづいた。

恋と革命が文字通り生きる情熱になったロマンチックな日本の青春というものを、私は寒村氏からつぶさに教えられた。

寒村氏の情熱は九十三歳でこの世を去る時まで燃えつづけていたという奇跡を、私は身近でつぶさに見届けることにもなる。

須賀子を失った後、自暴自棄になった寒村を慰め、慈母のようにやさしく抱きとめてくれたのは、もと吉原の花魁《おいらん》で、当時は洲崎の遊郭で引手女中をしていたお玉さんであり、彼女の死んだ後、結婚したのがインテリの初枝さんであった。女運が好《よ》いようで悪く、三人の妻にみんな先だたれている。初枝さんだけには私は二度お逢いしたが、きりっとした女性で、年は若いのに、やはり何となく姉さん女房のような風情で、寒村氏をあたたかく包んでいた。

初枝さんを失ったあとの寒村氏の面倒を見たのは姪《めい》の堤為子さんで、美しいおとなしい人だった。

私が出家してから、なぜか急速に親しさを増し、度々京都へ遊びに来られるようになった。

寂庵の過去帳に、私に供養を頼まれた時の、寒村氏の美しい自筆が残されている。

「　荒畑　玉　慈珠貞照信女
　　　　　　昭和十六年十月歿
　　荒畑初枝
　　　　　昭和四十九年一月歿」

柩を包んだ赤旗はま新しく鮮やかであった

　里見弴と荒畑寒村は、ほぼ同じ世代を共に行き、九十四と九十三まで生ききった見事な生涯を送ったが、全く正反対の境遇に生きている。弴は資産階級の上流の家に育ち、生涯衣食の苦労とは無縁であった。一方寒村は、横浜の遊郭の入口の仕出屋に生れ、赤子の時から五歳まで里子に出され育ち、十六歳から社会主義の人々に近づき、革命家の険しい道を歩んでいる。全く対照的な暮しをしていた二人は、生涯交ることはなかったが、弴は、寒村の親友で同志となった大杉栄とは親しくなり、好きな人物の一人としてその交遊を私に語っておられた。

　二人は共に男として魅力に富んだ美男子であった。老いても粋でおしゃれであった。共に自己に恃《たの》む所が強く自我を貫いて世に媚《こ》びるところがなかった。

　死ぬまで色気を保ち、情熱的な恋の経験者でもあった。共に美食家で、長寿の秘訣は牛肉を好むことだと私に伝授してくれた。

T.Y.

異なる点で最たるものは、孬は上戸だが、寒村は下戸であった。

最晩年、寒村はよく京都に遊びに来られた。はじめは私の寂庵を宿にされたが、食事の度、野菜の煮方や、魚の焼き方に文句をつけられるので、もて余し、祇園の「みの家」の女将の経営していた清水の「吉むら」に預ってもらうことにした。舞妓《まいこ》の水揚によく使われたその宿がいたく気に入られ、氏を敬愛して集っていた若い学者や革命家の卵たちをお供にして泊られることが多くなった。当然、私は宿に舞妓や芸者を呼んでもてなしたし、祇園の「みの家」の座敷にも度々御案内した。育ちが色町に近かったせいか、革命家としてはさばけた遊びの作法にも通じていて、妓《おんな》たちにも好かれていた。

春の「都をどり」を観《み》られた日、舞妓達を「吉むら」に呼んだことがあった。舞妓たちはすっかり寒村に馴染《なじ》んでいたので、口々に、一日四回興行の「都をどり」の興行が体にきついと甘えて訴えた。それを聞くなり寒村は、大真面目な表情で、

「何？　四回興行だと？　それはきみ、労働法違反だよ。ストライキをやりなさい。わたしが指揮をとってやる」

といいだした。あわてた女将が
「先生、それだけは堪忍しとおくれやす。そんなことされたら、うち祇園町におられんようになりますよって」

と手を合わせたので、一座が爆笑したことがあった。

京都の料理はたいていお口に合ったらしく、「吉むら」の料理も文句が出なかった。毎年筍《たけのこ》の季節になると、わざわざ筍料理を食べに来られた。さし身から、ビフテキまがいまで、すべて筍だけでつくる料理で、結構量が多いのにコースをすべて召し上った。この時は、何といっても御自分が支払い、私たちに相伴させて下さるのだった。

大市のすっぽんを召しあがったことがないといわれるので御案内したら、酒ですっぽんを煮てあるスープを、美味《おい》しいと喜ばれたのはいいが、突然、食事の途中、真っ赤になってその場に倒れてしまわれた。すっぽんを煮た酒に下戸の先生が酔っぱらわれてしまったのである。救急車を呼ぼうかと心配したが、三十分ほどそっと眠らせておいたら、目を覚まされ、

「不覚でした」

と、かしこまってあやまられたのには笑ってしまった。

話のついでの時、

「京の料理はおおむね好きだが、雑煮だけはいただけない。あんなまずい雑煮が天下に二つとあろうか」

と憤慨されるので、いつ、どこで召しあがったのですかと問うと、

「年の瀬にとっ摑《つか》まって、京都の監獄で年越したことがある。その時、初めて白味噌味の雑煮

が出た。あんなひどいものはない」

といわれた。みの家の女将が、面白がって料亭で雑煮を注文して無理に召しあがってもらったら、照れ臭そうな顔付で、

「食えないこともないね」

といわれた。

九十歳の時、四十の人に熱烈な恋をされて、原稿用紙二十枚もの恋文を、一日に三度も出すということがあった。

「この恋は肉欲が伴わないのがせめてもの救いだが、それだけに嫉妬《しっと》は五倍です」

と涙を浮べて私に告白された。当然寒村の最後の恋は失恋に終った。

一九八一年三月六日、荒畑寒村は逝去した。慢性気腫に気管支肺炎を併発したのが死因であった。

葬儀の柩《ひつぎ》がまっ赤な赤旗でくるまれていた。

死なばわがむくろを包め
闘いの塵にまみれし赤旗をもて

生前の希望通りの赤旗葬であった。

岡本太郎

多磨霊園（東京都府中市）

岡本太郎（おかもと・たろう）

明治四十四年（一九一一）神奈川県高津村（現川崎市高津区）生まれ。東京美術学校入学の昭和四年、父岡本一平・母かの子と渡欧。パリ大学で哲学を学び、作品を発表する。十二年、初の画集『OKAMOTO』刊行。国際シュルレアリスム・パリ展に《傷ましき腕》を出品し、ブルトンらシュルレアリストとの親交が深まり、バタイユの秘密結社のメンバーに。パリ大学でマルセル・モースに師事、民族学を学ぶ。帰国後、兵役を経て「対極主義」を提唱し創作活動を再開。二十三年、花田清輝らと「夜の会」を結成し、《重工業》、《森の掟》など油彩の代表作を次々と発表。表現ジャンルは拡がり、陶やタイルの作品、商業デザイン、大規模壁画や公共建造物にまで及んだ。四十五年の大阪万博のシンボル《太陽の塔》は知らぬ者のいない代表作。ベストセラーとなった『今日の芸術』をはじめ著作も多く、独自の「縄文土器論」「沖縄文化論」などが注目を集めた。平成八年、八十四歳で逝去。

この秘書ありて

岡本太郎が他界してから早くも十一年が経過している。作家のみならず、芸術家や芸能人で、生前華やかに人気を得ていた人物でも、死ねばたちまち世人の記憶から、かき消されていくのが、世間の通例ということであろう。ところが、岡本太郎だけはその通例を破り、死んで七、八年過ぎた頃から、突然、あの世から帰ってきた。

まるでマジックのような目ざましく鮮やかな甦《よみがえ》りであった。

十年過ぎた昨今では、新聞やテレビに、しばしば太郎の顔が現れる。小さな目をかっと見開いて、というより、対象をぐっと睨《にら》んでいる精悍《せいかん》な、太郎得意の表情である。

それらのニュースは、やれ戦後すぐの太郎の油彩画が現れたとか、メキシコに出かけて描いたバカでかい壁画が、長い間行方不明になっていたのに、突然発見されたとか、その壁画が、ようやく凱旋《がいせん》帰国を果したとか、更にその壁画が修復整備され、ついに東京のテレビ局前にかかげられたとか、というたぐいのものであった。

その間にも、太郎の書き遺したという著作が次々刊行され、それぞれ売れていて、若い人たちに人気が高いとか、回顧展が開かれるとか……生前の岡本太郎を知っている者は、ほんとに太郎が生き還《かえ》ったかというようなニュースの氾濫であった。

それには一人のマジックの仕掛け人がいた。

戸籍の上では、太郎の養女になっているが、実質的には、太郎のあらゆる面での、失くてはならぬパートナーの岡本敏子の存在があった。敏子さんの入籍前は、平野姓で、長年ずっと太郎秘書として存在していた。東京女子大を卒業してほどなく、太郎のアトリエを友人に誘われて訪ね、その日から、二人が一目惚れしてしまい、太郎に請われて、秘書になったという来歴である。

後年敏子さんの口から聞いた話では、一目惚れしたのは太郎の方で、秘書にされ、やがて同棲させられたのも、すべて太郎の積極的な求愛によるという。いわゆる世間並の美人ではなかったが密度の濃い黒髪が背を覆うほど長く豊かで、すっぴんの肌はつやつやして、物怖《お》じしない目が、いつでも相手をひたと見つめてひるまない。天才にありがちで、太郎さんは、事務的なことは苦手で、人との交渉もうまいとはいえない。率直すぎる言動は、しばしば人に誤解され、怒らせる。例えば、パーティーの席で、人が寄ってきて、さも親しそうに声をかけ、自分の友人を紹介しようとすると、

「ぼくはきみを知らないよ」

と、にべもなく言う。そんな時、遠くにいても敏子さんはすっ飛んできて、太郎さんの前に立ち、

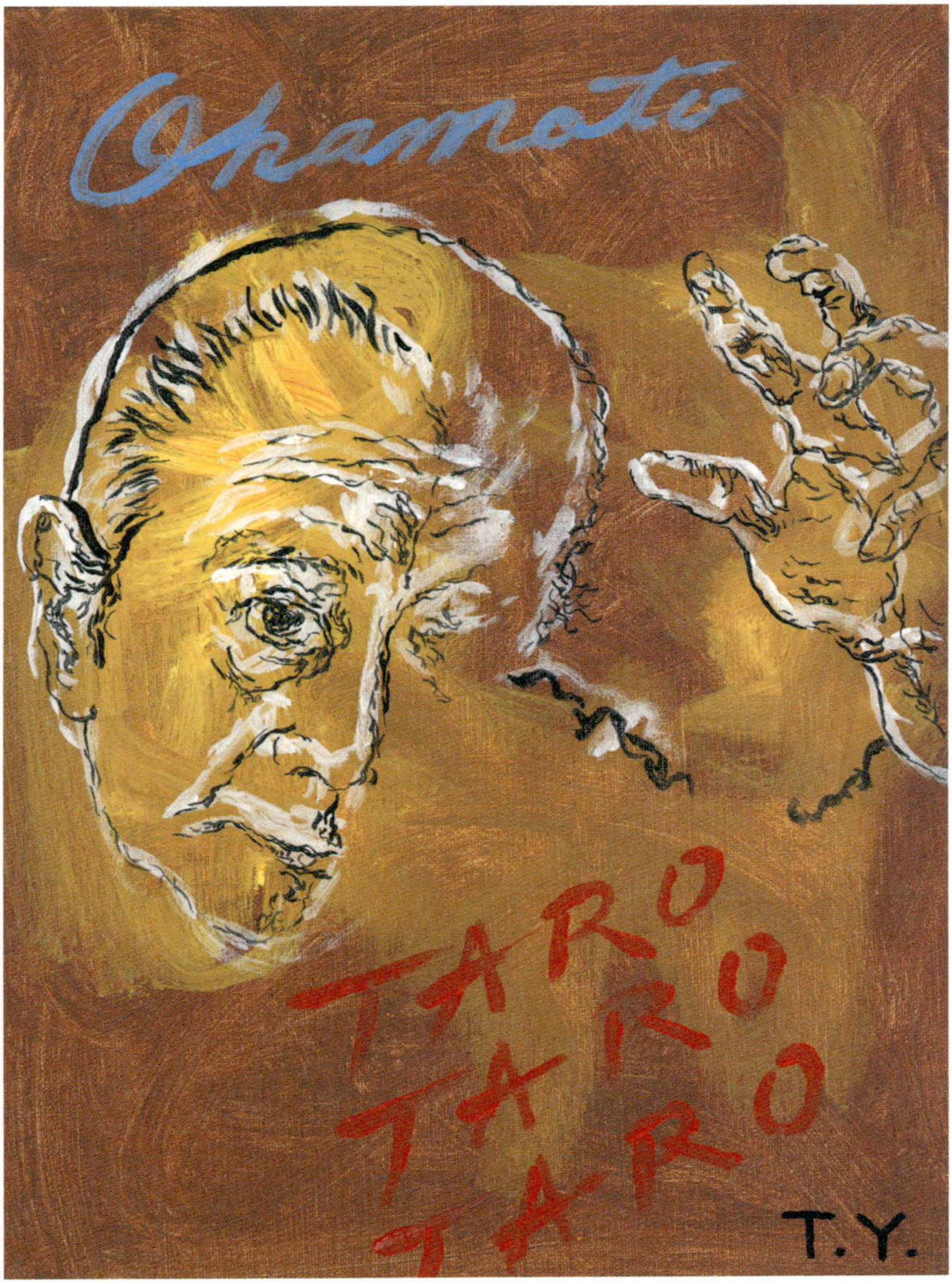
Okamoto
TARO
TARO
TARO
T.Y.

「ごめんなさいね××さん。先生もう、ここへ来るまでにウイスキーをずいぶん呑《の》まれて、酔っぱらってるのよ。この間贈っていただいた果物はほんとに美味《おい》しかったわ。先生がほとんどみんな召し上ったんですよ」

などと、取りなすのである。そんな場面を私は数えきれないくらい見ている。そういう後で、敏子さんは、

「先生はいつも、ああなのよ。あの人なんかもうずいぶん逢ってるし、しょっちゅう何か送ってくれてるのに、自分が興味のない人は片っぱしから忘れてしまうの」

といいながら、ほんとはちっとも困っていず、そういう正直な太郎さんが好きでたまらないという表情を臆面もなくしてみせる敏子さんであった。

私がはじめて岡本太郎に逢ったのは銀座の舗道であった。私が四十、太郎さんが五十二の春であった。もう少しで五月十五日になると私が四十一になる前だった。二人は一応十一年の年齢差があって、太郎さんの誕生日は二月二十六日だった。

それがわかった時、太郎さんは声をあげて笑った。

「いいじゃないか。ぼくは二・二六できみは五・一五だ。お互い反乱軍の記念日の生れだ」

その春の日は、私の親友の柴岡治子さんが太郎さんと親しく、私が書こうとしている岡本かの子の取材のため、太郎さんに逢わせてくれるというのであった。

「ほら、太郎が来た！」

治子さんが私の横で囁《ささや》いた。たしかに道の前方に、写真で見馴《な》れた岡本太郎が歩いてくる。想像していたよりずっと小柄で、しかも明らかに片脚をひきずっている。

「スキーで骨を折ったばかりなの」

治子さんが教えてくれた。私は息を吞んだ。群衆の中にまじって歩いているのに、太郎だけが強烈なオーラを発し、他の人々はかき消え、たった一人で歩いてくるように見えたのだ。

芸術は共同作品でいい

初対面の太郎さんは、その足で銀座の料亭へ行き、すっぽんを御馳走《ごちそう》してくれた。すっぽんの血を小さなコップに入れたものがすぐ運ばれてきた。一気にそれを吞み干し、私にも吞めと顎《あご》ですすめる。すっぽん料理も初めてなら、血を吞むことなど未経験なので、気味が悪かったが、それが今後の取材の試験のように思い、私は目をつむって、一気に毒をあおる覚悟で吞み干した。ぬるっと血の固まりが咽喉《のど》を通った。目をあけると、太郎さんが機嫌のいい笑顔をしてそんな私を見つめていた。

「はじめてかい？」

「はい」

横で柴岡治子さんが酒で薄めてもらった血を悠々と呑んでいる。

「かの子のことなんか、もう世間じゃすっかり忘れてるよ。本もさっぱり売れない。書くなら岡本太郎だよ」

「はい、でもかの子さんが好きなんです」

「どこが」

「並じゃないところ……すべての点で、はみ出たところ」

「ふうん、まあ、やってみな。何を訊《き》いてもいいよ。一応親子となってるが、うちじゃ、それぞれが個々に人格を認めあった芸術家どうしだから、互いに干渉しない」

「かの子さんと一平さんのどちらがお好きですか」

「そりゃ、かの子だよ。一平は常識的だが、かの子は、すべての点において、はみ出していた」

私は難関の試験にパスしたと、緊張が急に解けた。

その日から、太郎さんの逝かれた日までの長い親交が始った。

「婦人画報」に連載した「かの子撩乱」は好評で、太郎さんも愛読してくれた。連載中、一度も文句が出たことはなく、本になった時は、

「かの子に関しては、ぼくよりきみの方がずっとよく識《し》ってる。ぼくの知らないかの子をずいぶん教わったよ。おかげで、近頃かの子の本が売れだした」

T.Y.

と喜んでくれた。

青山の岡本家へもしょっちゅう伺った。玄関を入ると、いきなり広い居間兼応接間になっていて、そこには壁にも天井からも、太郎さんが、外国の旅で買ってきた奇妙なオブジェが所せましと掛けられたり、ぶら下ったりしている。椅子《いす》も机もカーテンも太郎さんの作品で、それがみな、思いきって派手だったり、奇抜だったりする。一つ一つが強烈な自分を主張しているので、気の弱い者なら、三十分もいたら疲れてしまう。しかし馴れてくると、その雑然とした奇抜さの中に不思議な調和が見えてきて、非現実な魔法の国に迷い込んだような、心と体のゆるみに浸されている。

部屋の片隅に、これだけは至極オーソドックスな黒いピアノが据えられ、太郎さんが時々びっくりするようななめらかな手つきで弾いている。

庭にも所せましと太郎さんの作品の大きなオブジェがあふれている。そこが、オブジェ製作のアトリエでもある。

絵のアトリエは家の内にある。

ある日、私はそのアトリエで製作中の太郎さんを見た。トレーニングシャツに短パンツ姿の太郎さんは、向うの壁いっぱいのキャンバスに向って、入口側の壁ぎわから絵筆を刀のように胸の前に構えたかとみると、勢いこめて走って行く。走り高跳びの選手のようなスタイルである。キャンバスに飛びつくと、エイッと力をこめて絵筆を叩きつける。その姿を窓下の壁ぎわで椅子に坐った敏子さんが、やはり短パン姿の長い美しい脚を高々と組んだまま見守っている。

「先生！　そこの色、紫にして」

「ウォーッ」

獣のように呻《うめ》いて走り戻った太郎さんは、新しい絵筆に紫の絵具をたっぷりふくませると、また仇討《あだうち》の士のような勢いで走っていき、紫色をキャンバスに叩きつける。

ほう、絵まで二人の合作か、と私は目を見張ってしまった。太郎さんは絵の他に多くの名著書を残したが、その製作過程も私は幾度も目撃している。太郎さんが書斎を獣のようにせかせかと歩き廻りながら言葉を発する。机に向って敏子さんがそれをペンで口述筆記する。出来上った作品は、敏子さんの名文で整えられ、わかり易《やす》く、高尚になっていた。それは合作といってよかった。その点を問うと、

「芸術作品に作者の名なんてどうでもいいんだよ。多くの人間がたずさわってそれぞれの力を合わせて一つの作品を造りあげる。それに代表者の名をつける。それでいいんだ」

といった。かの子の作品に一平や、二人の崇拝者で同居者の手が入っていることを私は『かの子撩乱』に書いている。それは図らずも岡本家の芸術造りの方法であったのだ。

人生は意義ある悲劇。と太郎は書き遺した

　私が最もしばしば岡本家を訪れていた頃が、太郎さんの仕事の全盛の時期だったのかもしれない。敏子さんの他にｙさんという人がいて、家事一切を受持っていた。この人も太郎さんに全面的に傾倒して、婚期を見送り奉仕して悔いていない。

　万博が近づき、太郎さんはあの巨大な「太陽の塔」を造って万博のシンボルとした。その準備の会合の時、なぜか私も誘われてそこにいた。すでに模型が出来ていて、それを机上に置き、太郎さんは自信を持って、それが如何にユニークで素晴らしいオブジェで世界を驚かすかと説明していた。

　そんな頃だった。ある日突然、太郎さんが岡本家の応接間で私に言った。

「きみはいつも着物だから、畳の部屋がいいね。六畳でいいかい？」

　何のことかわからず、きょとんとしていると、

「そろそろ、きみもここへ来てぼくの仕事を手伝うといい。平野くん（敏子さん）もとても忙しくて大変なんだよ。書くパートだけでもきみがしてやればいい」

　私は仰天した。とんでもない。これでも一国一城の主のつもりだからと断ると、

「バッカだなあ。つまらん小説書いてるより、世界の天才岡本太郎の芸術を助ける方がずっと女として生き甲斐があるのに！」

T.Y.

と、軽蔑されてしまった。

「芸術家は、人生の岐路に立った時、必ず楽な路を選ばず、危険だと思う路を進むべきだ」

と強い口調で教えられもした。

「芸術はきれいであったり、心地よいものであってはならぬ」

と口癖のように聞かされもした。

私はそれ以来、幾度も人生の岐路に迷った度、いつも太郎さんの教えを遵奉《じゅんぽう》してきた。今、その教えに順《したが》ったことに後悔は一切なく、感謝している。

岡本家の応接間で、つい夜深くまで引きとめられたことがあった。長椅子で太郎さんはyさんに全身をマッサージさせていた。その前で敏子さんと私はワインのグラスを傾けていた。

太郎さんが横になったままふっとつぶやいた。

「将来、もし病気か何かで頭がバカになったらどうしよう。それだけが不安だな」

何時にない沈んだ声だった。間髪をいれず、敏子さんが、

「大丈夫！　その時はあたしが、先生をきっと殺してあげます。何にも心配しないでいいの」

歌うような華やかな声であった。他の三人は一瞬、声を呑んだ。

一息おいて太郎さんが笑い声をあげた。

「そうだよ、な」

その約束は守られなかった。

私が出家した後のことだった。太郎さんと敏子さんと私は木曽の禅東院にいた。かの子の歌の弟子藤田啾漣が住職をした寺で、啾漣亡きあと、聡明な未亡人があとを守っていた。一平の句碑が建つというので三人が出かけたのだった。太郎さんは台所で夫人の手料理が作られるのを見ていた。その時、私は敏子さんに別館の二階に誘われた。そこで敏子さんはいつになく声を落していった。

「わたくし、もう体がつづかない気がする。きっと先生より早く死ぬと思う。そうしたら寂聴さん、先生を寂庵に引きとって面倒見てあげてね」

敏子さんの目に涙がたまっていた。愕《おどろ》いた私は即座にいった。

「いやですよ。太郎先生の面倒を見られる女なんて敏子さん以外に誰がいますか！　きっと疲れているのね。心身共に。少し休んで下さい。太郎先生はだんだん子供に還っていくようよ」

敏子さんが泣き言をいったのはその時だけであった。

その後、くり返す病気の為、往年の活力は失《う》せ別人のようになった太郎は、次第に表現界から影を消していった。二人の遵奉者に手厚く看《み》とられたまま、おだやかな死を迎えた。一九九六年一月七日、八十四歳。

訃報で駆けつけた時、柩《ひつぎ》の中の太郎さんは子供のような小さな死顔になっていた。気品高く、写真の一平に瓜二つで美しかった。

「先生は死んでなんかいないのよ。お花なんか置くとまるでお通夜みたいだから、届くお花はみんな別室につっこんであるの」

敏子さんは朗らかな声でいう。

すっかり世間から忘れられていた岡本太郎を再生させることに心身をすり減らし、太郎がメキシコに遺《のこ》した巨大な壁画「明日の神話」を探し出し、その作品が日本に届く直前、突如として敏子さんは太郎に呼び寄せられた。二〇〇五年四月二十日のことであった。

檀一雄

福厳寺（福岡県柳川市）

檀一雄（だん・かずお）

明治四十五年（一九一二）山梨県谷村町（現都留市）生まれ。東大卒。東大入学後、太宰治との親密な交友が始まり、井伏鱒二、坂口安吾を知り、佐藤春夫に師事する。昭和十年、「夕張胡亭塾景観」が芥川賞候補となり、十二年、処女作品集『花筐』を出版。十九年、陸軍報道班員として中国戦線に従軍する。

戦後の二十一年、妻律子が病死し再婚。二十二年、福岡で劇団を創立し『火宅の人』のモデルとなる女優を知る。二十三年、太宰が入水自殺。この年上京し「リツ子」の連作を各誌に発表、二十五年『リツ子・その愛』、『リツ子・その死』を刊行する。二十六年、「長恨歌」「真説石川五右衛門」が直木賞を受賞。三十年発表の「誕生」（『火宅の人』第一章の一部）から連作を始めた『火宅の人』は五十年、福岡の病床で口述筆記により完成した。五十一年、六十三歳で逝去。没後、『火宅の人』は読売文学賞、日本文学大賞を受賞した。

「火宅」の人と一つ屋根の下に

檀一雄さんに逢ったのは、新潮社の仕事で新潮社クラブと呼ばれている寮に缶詰めにされるはめになってしまった時であった。

その寮は、新潮社のある矢来町にあり、二階建の瀟洒《しょうしゃ》な家で、いつも何人かの作家が、そこに缶詰めになって小説を書いている。

台所をまかなう人も掃除をする人もいて、三食上げ膳据え膳で、食事の内容も旅館並の結構なものであった。もちろん、滞在費はすべて新潮社が引き受け、作家は一銭も支払わなくていい。気の小さな私は、そんなところに入れられたら恐縮の余り、一日も早くそこを出たいと、夜を日についで書きに書き、そこから脱出したいと思う。

私が入った時、二階に檀一雄さんが、もう大分前から滞在しているという。取り立てて紹介されるわけでもなく、お互いに挨拶《あいさつ》も抜きである。いわば囚人どうしのような立場なので、逢ってつまらないお喋《しゃべ》りなどする閑《ひま》があれば、一枚でも書けという出版社の意向が伝ってくる。

それでも、つい廊下で鉢合せすることも、出かけようとする檀さんの背を玄関でつい見かけることもある。どうやら檀さんは夕方になると仕事をする気がしないらしく、新宿あたりへ出向き、呑《の》み歩き友人と喋っているらしい。

時には午前様の御帰りということもある様子だった。

ある日、その日も午前様を決めこんだ檀さんと、ばったり廊下で正面衝突しそうになった。初めて、深く礼をして、さて何と挨拶したものかと、口ごもっていたら、檀さんは人なつっこい微笑を満面に浮べ、

「勤勉ですね」

と言った。持ち前の勤勉さを決してほめられたのではなく、けなされたとまでは言わないでもバカにされ、からかわれたのだという感じが伝って、私は恥じてひたすら頭を下げ、その人の横をすり抜けていた。

それから、すぐ、私は仕事を終え、寮を引きあげた。出る前、檀さんに挨拶して帰るべきかとちょっと迷ったが、それほどのつきあいでもなしと思い直してそのまま出た。

檀さんとのこの世での交渉はそれっきりであった。

その時の檀さんの印象は想像していた以上にハンサムで、作家らしからぬ偉丈夫で、何より一目で女誑《たら》しの魅力を体中から発散している男と見受けられた。

十歳の年齢差は私たち小説家の仲間では仰ぎ見る大先輩である。太宰治、坂口安吾と並び、戦後、文学青年の憧憬を一身に集めた人に、年の近い第三の新人たちに対するのとは違う、畏敬に似た感情があった。

T.Y.

伝え聞いている編集者からの話や、檀さん自身の作品によって、その並々でない修羅を背負った壮絶な生きざまを覗いているだけに、いっそう気が臆していた。

ちょっと書きはじめたと思ったら、こんな所に缶詰めにされて、いい気になって……と、思われているかもしれないというコンプレックスもあって、私は常より慎ましく控えめになっていたのである。

最初の結婚の奥さんの死と愛を書いた「リツ子・その愛」「リツ子・その死」から読みはじめて、檀さんの小説の中でも、昭和三十六年（一九六一）の九月号の「新潮」に載った「微笑」には、声も出ないほどの感銘を受けた。六つの時日本脳炎にかかった次郎ちゃんのことから書きはじめた小説で私小説の体裁を取っている。生真面目《きまじめ》で誠実な妻に四人の子供を育てさせている家庭の外に、若い新劇女優と同棲しているという修羅を正面から書いている。私小説といえども、作品が実生活そのままでないことは当然だが、そこには他人の批判など受けつけない凄まじい捨身の情熱がみなぎっていた。それが檀さんが大方二十年に渡って書きつづけた畢生《ひっせい》の傑作『火宅の人』の始まりであった。それ以来、書き続けられた『火宅の人』の連作を私はずっと読みつづけていた。

それから何年たったであろう。「微笑」の中では二歳にもなっていなかった長女の「フミ子」さんが、爽やかな美少女の高校生になって、私の前に立っていた。

ＮＨＫのラジオで徳島へ出かける番組に、レギュラーの一人として、まだ十七歳の制服姿の檀ふみさんがいた。旅の途中の寸暇を惜しんで、ふみさんは本を広げ勉強に余念がない。

「受験勉強なんです。大学はでておけってチチがいうものですから」

という。ラジオ出演も話があった時、自分の可能性は何でも試しておけと言われたそうだ。

「檀さんのような不良に、よくフミちゃんみたいないい子が育ったものね」

私が親しくなった調子につぶやくと、

「チチは不良でしょうか？」

と大真面目な瞳を見開いてフミちゃんが曇りのない声で真っ直ぐ問い返してきた。

天然の旅情の尽きる海の果

フミちゃんの奇襲に私は大いに慌てて、

「いえ、小説家は小説の中でわざと自分を露悪的に書くから、つい小説の中の人物を思い浮べて……」

とか何とかしどろもどろに言いわけした。父を信じきり、尊敬している娘はけなげで美しかった。フミちゃんはつづけて、

「あのう、チチは今度私が瀬戸内さんと御一緒だといったら、とても喜んでくれました。そし

て徳島へ行ったら、ぜひ瀬戸内さんにモラエスのお墓につれて行っていただくよう申しました」という。私はその場からフミちゃんを眉山の麓の潮音寺にあるモラエスの墓に案内した。

ポルトガル人ヴェンセスラウ・デ・モラエスは、リスボンに生れ、海軍大尉になり、後に神戸、大阪の初代領事になっている。その頃、阿波女の芸者福本ヨネを見初め、結婚した。ヨネに結核で先だたれた後、ヨネの姪《めい》のコハルを愛し、徳島に移り棲《す》んだ。コハルにも先だたれた後、徳島で孤独に死んでいる。詩人でもあり、徳島のことを描き、「おヨネとコハル」という本も出している。

大切なフミちゃんを檀さんから託されたという感激があった。モラエスのことを書いた私の短い小説を檀さんが読んでくれていることもわかった。

檀さんはその後も自分で名づけた「天然の旅情」にまかせて、現実には捨身の無頼奔放無惨な生活を繰り返しつづけているようであった。モラエスの「天然の旅情」が檀さんに移ったのであろうか。

その旅のあげく、モラエスの故国ポルトガルに住みついている。そこからの随筆の中に、ポルトガルの家に通ってくる手伝いの女性が瀬戸内さんそっくりの人だという話が書いてあった。私はそれを読んで思わず笑った。ポルトガルはヨーロッパで一番女の不美人国で有名だと聞いていたからだった。

T.Y.

ポルトガルのサンタクルスという海辺の町で檀さんは二年余り暮している。そこへは奥さんも呼び寄せて、長い労をねぎらってもいる。一九七〇年十一月から一九七二年二月まで、檀さん五十八歳から六十歳までの歳月であった。モラエスは五十九歳から七十五歳まで十六年徳島で暮した。

檀さんはポルトガルから帰国して一九七四年、福岡県能古島に転居して間もなく、肺ガンになり、一年ほど患って他界した。享年六十三。最期まで「火宅の人」を口述で仕上げている。

檀さんの死後、数年経って私はポルトガルを訪れた時、リスボンから北上して、サンタクルスを訪れた。うらぶれた淋しい漁村の構えであった。

こんな淋しい町によく二年以上も淋しがり屋の檀さんが棲めたものだと思った。

海岸には巨きな巌が海に向って据っていた。その碑には檀さんの字で、

「落日を

拾ひに行かむ

海の果」

と刻まれていた。

地の果、海の尽きる国ポルトガルの寒村の海辺に建てられたその碑は、天然の旅情に身を任せた作家のすがすがしい孤独が凝り固まっているように見えた。

檀さんが毎晩のように呑みにいったという酒場にも寄ってみた。まだ檀さんを客として迎えた主人がいて、せまい酒場の壁には、檀さんの本や、特集の雑誌や、色紙などが飾られていた。それから十年ほどして私はサンタクルスを再訪した。そこはすっかり賑やかな今風のリゾートビーチになっていて、しゃれた別荘も多く建っていた。「ダンドーロ」と名づけられた檀さんの道路も出来ていて、檀さんが棲んだ家を、旅客に開放して見せる仕組になっていた。その家は立派で、別荘というより堂々とした一戸建の邸宅であった。

例の酒場にも寄ってみた。もう、檀さんの通った頃の主人は亡く、その息子と、孫娘が店をつづけていた。いっそう旧《ふる》びた檀さんの本や雑誌が、そのまま飾ってあるのが、何か傷ましい風情であった。十六、七の少女は幼いころ、檀さんに可愛がられた記憶を抱いていて、なつかしそうに、いい人だったと語ってくれた。

私は夕陽に染った海を眺めに海岸へ一人行った。

例の文学碑は、でんと海に向って据って、全身に夕陽を浴びていた。「落日を」の文字も落陽に赤々と染まっていた。

『火宅の人』の中に出てくる子供たちも立派に育ち、太郎さんは父親譲りの料理の才を発揮し、檀流クッキングで名を馳せ、檀ふみさんは美しい清楚な女優へと成長し、エッセイも書き、多くのファンを持っている。

小説『火宅の人』は、檀さんの死後、読売文学賞と日本文学大賞を受賞し、今も版を重ね、読みつがれている。

平林たい子

福島墓地（長野県諏訪市）

平林たい子（ひらばやし・たいこ）

明治三十八年（一九〇五）長野県中洲村（現諏訪市）生まれ。本名タイ。諏訪高女卒。十歳から少女雑誌に投稿、高女時代に社会主義への関心を高める。上京後、アナキストとの同棲、反体制活動による検挙・拘留、林芙美子やダダイストたちとの交流を経て、昭和二年「嘲る」が大阪朝日「三大懸賞文芸」に当選。雑誌「文芸戦線」に発表した「施療室にて」でプロレタリア作家として認められ、以後、小説、評論を精力的に発表するが、昭和十年代は長らく闘病生活が続いた。

戦後の二十二年、「かういふ女」で第一回女流文学者賞を受賞。林芙美子、宮本百合子ら同時代の文学者や自らをモデルにした小説だけでなく、社会時評、随筆と執筆分野は多岐にわたった。四十三年『秘密』で第七回女流文学賞受賞。二十二年に民主婦人協会を神近市子らと創立、市川房枝らとも交流を持ち婦人運動家としても活発に活動した。四十七年、六十六歳で逝去。

肥りすぎてあぐらをかいている女大親分作家

私が女流文学者会に入れてもらったのは、一九五九年（昭和三十四）だったと思う。三十七歳の時であった。「花芯」という小説で、批評家に叩かれ、危うく小説家になり損ねそうになったのを、辛うじてふんばって、書きつづけていた時であった。

突然、電話があり、女流文学者会に入れてやるという。高飛車なもの言いで、いかにも入れてやるという口吻であった。

あとでわかったことだが、女流文学者会に入るのは、すでにいる先輩作家の評価が厳しく、なかなか許可が降りないということであった。単行本は二冊以上出していなければならないとか、品行も問題にされるとか聞いてびっくりした。品行問題などあげつらっていては、女流作家など生れる筈《はず》がないではないか。入れていただいてから、私は新参として小さくなり、つとめておとなしくしていた。

それからすぐ、女流文学者会の人々が熱海の温泉に招待されるということがあった。中央公論社の主催だという。嶋中鵬二社長がばりばり仕事をされている頃で、「婦人公論」がよく売れていた。女流文学賞も出していた。

とにかく友人の一人もいない会の旅行に、私は緊張して参加した。私より曽野綾子さんが、戦後いち早く文壇に出て、有吉佐和子さんと並んで、才女時代という言葉を作ったほどずっと華々しく活躍していた。大先輩作家たちが、ずらりと顔を揃《そろ》えていた中で、曽野さんは見るからに晴れやかに爽《さわ》しく振舞っていた。

電車に乗る時から、自分の席を決めかねている私に、やさしく声をかけてくれたのが阿部光子さんで、その旅の間じゅう、私は阿部さんの隣りにくっついていた。

宿の大広間で宴会が始った。床の間を背負って、一番真中に坐ったのが平林たい子さんであった。当時の平林さんは五十四歳くらいだったが、肥りに肥っていて、宿の浴衣の前が合わない姿で、正座は出来ないとかであぐらを組んでいた。堂々として、辺りを圧し、文壇の女流大親分という感じだった。

その両側には円地文子さん、壺井栄さん、その横に佐多稲子さんが並んでいた。

その日出席の大作家たちにつづき左右の列にそれぞれ名を知っている作家が居並び、私は最末席に着いた。やさしい阿部さんが、ずっと先輩なのに、私の隣りに坐ってくれた。

円地さんがその頃は最も華々しく仕事をしていたが、平林さんには一目置いて、何かにつけ立てていた。二人は同い年の同じ月の一日ちがいの生れという縁があったが、文壇に出たのは平林さんが早く、円地さんは平林さんをずっと頼っていたのだ。

壺井さんは二人より六歳上だが、控えめな人なので、『二十四の瞳』のベストセラーなど自分

T.Y.

でないような顔をして、大きなやはり肥った体を縮めるようにしてつつましく坐っていた。

円地さんは、今、最高に時めいている人の余裕を見せ、自然体でも威厳が具《そなわ》って華やいでいた。

居並ぶ女流作家の中で、一番美貌の佐多稲子さんは、始終なごやかな顔つきで、せっせと箸を動かしていたが、突然、

「およしなさい」

と鋭い声をあげた。

中央公論社から接待役に来ていた男性編集者が、お酌をしようとした時である。

「出世前の男が、そんなことをするものじゃありません。およしなさい！」

それを聞いて編集者が身の置き場がないようにうろうろした。

その時である。平林さんが高い声で末席の私にいきなり呼びかけた。

「瀬戸内さん、あなたたしか徳島の出身でしたね。阿波踊り出来るでしょう。ここでおやりなさい」

青天の霹靂《へきれき》で、私はびっくりして目を白黒させた。こういうことも入会の儀式の一つかと思い、とっさに、

「三味線がないので、皆さん、お箸でお茶碗叩いて下さい。シャンシャン、シャンコリンコ、シャンコリンコと口三味線いって下さい」

と言うなり、私はコの字型に居並んだ作家たちの座敷の真中へ踊り出したのであった。阿波踊りというのは天下一陽気なものである。それで一ぺんに座が和んだ。平林さんは満足そうに踊る私を眺めていた。

それが私と平林さんの出逢いの一幕であった。

まさか後年、一つ屋根の下で何カ月か暮すような縁が出来るとは、予測もしなかった。

サカナは裏切りませんからね

平林さんの作品を私は当時の女流作家の誰の作品よりも愛読していた。女学生の頃は林芙美子、つづいて岡本かの子に傾倒していたが、自分が小説家になった頃は、平林さんが一番面白かった。

若い頃アナーキストでプロレタリア作家として出発したというが、その頃の小説は未読のまま、戦後、堰《せき》を切ったように次々名作を書き出した頃の平林さんに圧倒され、作品に魅惑されてしまった。強烈な意志によって、何が何でも生きてみせるという作者の迫力は並々のものではなかった。

羨望と畏敬で平林さんを遠く仰ぎ、次第に初期のアナーキスト時代の作品もさかのぼって読んでいた。

熱海の宴会で阿波踊りを命じられても別に恨みがましい気持ちはなかった。踊り終ったら、手招きされて、御苦労さまと盃をいただいたものだ。

その時、私は踊って喉がからからだったので、湯呑みに酒をついでもらった。平林さんはなみなみとついでくれながら、満面を笑みにしてねぎらってくれた。

平林さんの笑顔のよさは定評があった。決して美人ではない平林さんが笑うと、実に天真爛《らん》漫《まん》な美しい笑顔になった。無邪気な純な表情になる。

その笑顔を見ると、若い時から、数々の男遍歴を重ねてきたということもうなづけてくる。

私が知りあった頃はもう体を持て余すほど肥っていたが、結構おしゃれで、女流文学者の会などへは、高価な和服の誰より派手なものを着て、ずんぐりした短い指には宝石など光らせていた。

そのうち、私も平林さんとの対談などさせてもらえるようになり、お宅にも伺うようになった。

その頃はもう長年つれ添い、共に捕えられて苦労を共にしてきた小堀甚二氏とは別れていた。小堀氏がお手伝いに来ていた女性と秘かに通じ、二人の間には子供までできていたことが発覚した。

平林さんは逆上し、自分で新聞社にその事実を報せるなど奇怪な行動をとって、世間に恥を自らさらしてしまった。

T.Y.

ところが、その前に平林さんは、小説に専念したいと称して家を出て、一人中野駅前の旅館に別居していたのだった。しかもその頃は、社会党の江田三郎氏に熱烈な片恋を抱き、江田氏の選挙地に金を持って駆けつけるなどしている。その頃親しく訪れていた円地文子さんは、江田さんへの熱い想いをさんざん聞かされたという。

しかし、それはあくまで片想いで終り、夫の裏切りには硯や鋏を投げつけて逆上したと自分で書いている。結局小堀さんとは離婚した。その時、平林さんは私などにも、その事件をかくしもせず、

「私が情けないと思ったのは、彼に何年も裏切られていながら、それを作家のくせに、全く気がつかなかったという点ですよ。そんな鈍な神経で小説が書けるかと、情けなくて、口惜《くや》しくて」

と涙を浮べていった。

家はいつでもどの部屋もきれいに片づいていて、大きな水槽に熱帯魚をいっぱい飼っていた。さまざまな形や色の魚が元気よく動き廻っていた。こんな魚が好きなのかと問うと、いかにもつまらなさそうな憮然とした表情で、

「サカナは裏切りませんからね」

と言い放った。

居間にはおよそ似合わしくない赤い漆塗りの可愛い箪笥《たんす》があった。とてもいいとほめると、

「父が聟養子で家に来た時、持ってきたものです。その頃は、うちも裕福だったんですよ」

と笑った。

その部屋で城夏子さんと平林さんの手料理を御馳走になったことがある。台所にはピカピカに磨きあげた様々な鍋が整然と並んでいた。料理は好きだし、上手なのだと城さんが保証した。その日の料理は平林さんが自分で肉に糸をかけて焼いたローストビーフだった。その美味しかったこと。一流レストラン並の出来栄えであった。

「料理もね、食べさせる人があってこその花ですよ」

またも憮然とした表情で暗い声でつぶやく。

平林さんと一つ屋根の下に棲《す》むことになった。私が仕事場にしていた目白台アパートへ、ある日平林さんが越してきた。玄関のロビーで引越の日、出逢ってびっくりしている私に、

「あのね、私の最後の仕事を仕上げるため、私もここを仕事場にします。もうガンで余命があまりありませんからね。ここは癌研に通うのに、丁度、うちと病院の真中になるんですよ。それで決めました」

と一息に言う。最後の仕事とは『宮本百合子』であった。

九官鳥は連呼する。「幸福だわ。幸福だわ」「愛してます。愛してます」

わずか二カ月しか平林さんは目白台アパートには居なくて、さっさと引きあげてしまった。

最初の日、ロビーの立話の時、

「ここへ私は仕事をしに来るんです。お互いに仕事の邪魔をしないで、でれでれつきあうのはよしましょうね」

と宣言された。

平林さんにはこういう時、甘さが全くない。それはそれで小気味よく潔いので、私は平林さんの宣言を拳々服膺《けんけんふくよう》して、決して平林さんの部屋に近づきはしなかった。

平林さんが突然アパートを引きあげると管理人から聞いた私は驚いて、同じ地下の階の平林さんの部屋にはじめて近づいた。

すでに荷物はあらかた運び出されていて、がらんとした部屋のドアは開けっ放しで、中に平林さんがひとりいた。

おずおず覗《のぞ》きこんだ私に平林さんは照れたような笑顔を見せ、部屋に入れという。

空のダンボールが二つ三つ残っているのに私たちは腰を下し話した。

「こんな壁ばかりに囲まれた部屋は牢屋みたいで、息がつまって私は仕事が出来ません。やっぱり木や花のある庭と新鮮な空気が必要です」

T.Y.

という。部屋は私の部屋と同じく、入り口の向かい側に窓があり、その向うは結構木々の多い庭があった。その対角線に私の部屋がある。平林さんは窓を見ている私に話しかけた。

「その窓に九官鳥の籠《かご》が吊ってあったんです。あなたの部屋に、九官鳥の声がうるさく聞えませんでしたか」

「いいえ、ちっとも。九官鳥は何と話すんですか」

「『幸福だわ。幸福だわ』。それから、『愛してます。愛してます』の二つです」

そのことばを九官鳥は平林さんの声で覚えこんでいたのだろう。何だか目頭が熱くなった。九官鳥も平林さんを裏切らないだろう。

小堀さんは平林さんと離婚して、愛人だった人とその子と共におだやかな生活を営んでいたが、一九五九年（昭和三十四）五十八歳で他界している。その後、平林さんは小堀さんの未亡人と子供の面倒をよく見ていた。

有田八郎氏の夫人畔上輝井《あぜがみてるい》さんと懇意だった平林さんは、彼女の営む料亭「般若苑」に小堀さんの妻と遺児を託して、生活のなりたつよう計ってあげていた。三島由紀夫さんの『宴のあと』のモデル問題で裁判になったあの般若苑である。畔上さんも男まさりの女傑だったので、平林さんとは気が合ったのだろう。

平林さんの顔で、この頃、女流文学者の会を豪壮な般若苑でしたことがあった。女流作家たちは好奇心一杯でその日の会に臨んだ。その日、小堀未亡人にあった記憶はない。

平林さんの故郷、長野県諏訪市にある母校、諏訪高女へ講演を頼まれ、平林さんと一泊の旅をしたことがある。校長は土屋文明氏であったとか。旧い女学校のたたずまいの中に坐ると、平林さんは実におだやかなやさしい人に見えた。旧友たちに囲まれた平林さんはつとめて調子を合せ、誰からも敬愛されている様子だった。その旅の列車の中で、

「瀬戸内さんが女の文士の最後の人になりますね」

といわれた。文士ということばに憧れをもっていた私は、平林さんからいきなり勲章を手渡されたような、晴れがましい嬉しい気持になった。少くとも自分は、この烈しく、自己に忠実に生きた文学の大先達に、いくらか愛されているような幸福な気分だった。

病苦を押して書きあげた『宮本百合子』が平林さんの遺作となった。

一九七二年二月十七日、平林さんは病歿《びょうぼつ》された。享年六十六。平林さんの容体が悪いと聞いた私は、入院されている病院へ一人で見舞に行った。

病室には誰も居なくて、平林さんがおだやかな顔で眠っていた。私はしばらくベッドのそばに立って、その顔を見守っていた。

人一倍、生きたがりのこの烈しい意志を持つ人に、命の終りが来たのかと思うと、感無量だった。ふっと平林さんが目を覚まし、私を見て、言いようもなく美しいあの笑顔を見せてくれ

た。私は思わず、その手を握らせてもらった。昨日、円地さんと河野多恵子さんがお見舞に来られたと話すと、覚えていないと言った。「瀬戸内さん、ピンクのパンタロンスーツなんか着こんじゃって」とさも愉《たの》しそうに言った。

それから三日後、平林さんの家で葬儀があり、女流作家はすべて参列した。庭の梅が満開だった。部屋の隅に熱帯魚がヒラヒラもの静かに泳いでいた。

平野謙

生家のある法藏寺
（岐阜県各務原市）

平野謙（ひらの・けん）

明治四十年（一九〇七）京都市生まれ。本名は朗。昭和五年、東大入学。七年、日本プロレタリア科学研究所に入る。高見順論で本格的に文芸評論を開始。十五年、坂口安吾らと雑誌「現代文学」同人となる。十六年から情報局に勤務。

戦後は二十一年、雑誌「近代文学」を山室静、本多秋五、埴谷雄高、荒正人、佐々木基一、小田切秀雄と創刊し「島崎藤村――『新生』覚え書」を発表。同年発表の「ひとつの反措定」を契機に中野重治らと「政治と文学論争」が起こる。三十三年、日本近代文学における私小説を論じた『藝術と実生活』（芸術選奨）を刊行、「平野公式」と呼ばれた。三十六年発表の「文藝雑誌の役割」を契機に伊藤整、高見順との間で「純文学論争」が起こった。

三十年から始めた毎日新聞の「文芸時評」は十三年四カ月におよび、『文藝時評』（毎日出版文化賞）、『文藝時評』上下（毎日芸術賞）に結実した。五十三年、七十歳で逝去。

もの書きの第一条件は美貌である。

私が流浪していた京都から、いよいよ上京し、背水の陣を敷いて、小説を書こうと決めたのは一九五〇年（昭和二十五）の初夏であった。二十八歳になったばかり。

京都であてずっぽうに書いて出版社に送りつけた少女小説が、みんな採用されたり、入賞したりしたので、私は愚かにも、書いて暮らしていけると早呑込みしたのであった。生れつきのそそっかしい性質は、いつでも人生の岐路に立った時、よく考えもしないで、そのときの気分で軽率に道を選んでしまう。

上京しても、少女小説が毎月売れるわけでなし、師と仰ぐ小説家を一人も知らず、毎日、足にまかせて東京を歩き廻っていた。

そんな頃、上野公園の芸大の前で、人が列をなしているのを見た。近づいてみると、その日、文学者たちの講演会があるという。

分けてもらったちらしを見ると、出演者の名がずらりと並んでいて、私は目を廻しそうになった。

花田清輝、埴谷雄高、佐々木基一、平野謙、荒正人、伊藤整などのお歴々。私にとっては名前だけは知っていて、その名を聞いただけで、目がクラクラしそうな今を時めく新鮮な批評家や作家であった。

特に花田清輝の『錯乱の論理』は、戦後衝撃的な人気で文学青年たちのバイブルのように読まれていた。私もその例外ではなかった。

私はキップを買って入場し、す速く、舞台近くの空席を見つけてそこを占領した。

やがて幕があくと、ずらりと並んだ椅子に出演者が総出で並んでいた。

司会は荒正人さんがしていた。ごく謹厳な、学校の先生のような感じのするこの人を除いた以外の、すべての男たちが、文字通り、目のさめるような美男子揃《ぞろ》いなのに、私は仰天してしまった。

それから、誰が何を話したのか覚えていない。私はただ歌舞伎の舞台を見るように、美しい文士たちの風貌に見とれてしまっていただけであった。

その日はじめて平野謙さんを見た。逢ったというほどの対面ではなく、一方的に見ただけである。白皙《はくせき》の顔立の整ったいかにも秀才らしい風貌だった。中肉中背だが、態度も落着いていて、頼もしい感じがした。

花田清輝はベレー帽をかぶって、それが粋に見えダンディーだった。

埴谷雄高は、あの難解な小説を書く人とも見えず、ハンサムでシックで、女心を惹《ひ》きつける甘さがどこかに漂っていた。

T.Y.

佐々木基一の美男ぶりは、中でも絵に描いたようで、俳優になってもすぐ名を挙げそうに見えた。

とにかく、物かきの第一条件は美貌なのだと、その日私は確信し、自分の不美人なことに絶望した。

そこに並んだすべての人と、将来私が話しあえるようになるなど、夢にも思い描けなかった。

まして、その人々の中では、一番人物がおだやかそうに見える平野謙さんから、私の小説に手ひどい悪評を叩きつけられようなど想像も出来なかった。

それから数年たち、私は三十五歳の時、ようやく新潮社同人雑誌賞という、文学賞では一番小さい賞をもらった。

その後、受賞第一作を書けといわれ、私としては精一杯頑張って書いた「花芯」という小説が発表されると、その頃、新聞で文芸誌の月評を引き受けていた平野さんから一刀両断、こっぴどく酷評されてしまった。

たまたま石原慎太郎さんの「完全な遊戯」と一緒に取りあげられ、「二作とも期待していた新人だが早くもエロで文学の潮流に媚《こ》びた」

というような趣旨で書かれていた。文中に子宮という字が多すぎるともあった。

その文中に、この作者は曽野、有吉に劣らない才能の作家とひそかに期待していたのに残念だという言葉もあった。署名入りの時評なので、それは平野さんの信念を書いたものだと受けるしかなかった。

ところが、その批評のあとにつづいて、匿名批評家が、鬼の首でもとったように、読むに堪えない悪意の批評を続々と発表した。

この作者はマスターベーションしながら書いたのだろうとかいう類いのもので、私小説ではないのに、文中のヒロインと作者を無理に混同してあった。私は口惜《くや》しくてたまらず、

「こんなことをいう批評家はインポテンツで、女房は不感症であろう」

と書いてしまった。若気の至りである。おかげでその後、五年間文芸誌から干されてしまった。

謹厳な批評家も春画へは興味

私と一緒に平野謙さんからけなしつけられた石原慎太郎さんは、悪評などどこ吹く風と、益々華やかに文壇で輝きつづけていた。

何しろ、『太陽の季節』で、一気に文壇の話題と人気を身につけた慎太郎さんの勢いは、いくらみんなに尊敬され畏《おそ》れられている平野さんの酷評でもはじき飛ばしていた。私が五年間干されている間に、石原慎太郎という若いハンサムの話題作家は、肩で風を切って文壇を所せましとばかり闊歩していた。

平野さんの時評が新聞に出た四、五日後、突然、慎太郎さんから電話がかかってきた。はじめての電話である。それまで逢ったことも話したこともなかった。

「瀬戸内さん？　石原慎太郎です。あのね、新聞のひどい批評ね、気にすることないよ。あんな無能な批評家のいうことなんか無視することだよ。ぼくのあの小説は傑作なんだ。瀬戸内さんのだって、悪くないんだろ？　ぼくは将来、全集が出る時、絶対あれを入れてやる。瀬戸内さんもそうしたらいいよ。それだけ」

言うだけ言うと電話は切れた。実に爽《さわ》やかな自信に満ちた声だった。たぶん編集者の誰彼から、私が相つぐ酷評に身悶えして怒っていると聞いたのだろう。その頃の慎太郎さんは、弟の裕次郎さんなんかよりもずっと整ったハンサムで、颯爽《さっそう》としていた。政治家になると、とかく器量は落ちるものらしい。

それから四十年も過ぎ去って、私も慎太郎さんも個人全集を持つことになり、もちろん、その中には、それぞれ平野さんに酷評された作品を入れている。

そんなことがあっても、なぜか私は平野さんを嫌いにはなれなかった。縦から見ても横から見ても、平野さんは誠実を絵に描いたような生真面目《きまじめ》な人柄であることは、疑いようがなかった。

そして「花芯」から五年後、私が「夏の終り」を書き、ひきつづき連作で同系の私小説を書きついだ時、平野さんは、それらの作品を、金無垢の私小説だと絶賛してくれた。

T.Y.

また私に逢った時、

「花芯は私の批評がまちがっていましたね」

と言ってくれた。それ以後もずっと私の作品や私自身にも好意的だった。

文芸雑誌の合評会で、一緒になり、その帰り、やはりその席にいた小島信夫さんと二人が、どういう話のついでか、私の本郷ハウスのマンションに寄ってくれたことがあった。

その頃、私は吉行淳之介さんから紹介されたというより、押しつけられた古本屋崩れの怪しげな人物から、北斎の秘戯図の模写というものを売りつけられていた。吉行さんが瀬戸内さんの所に持っていけば、きっと買ってくれるといったと、その男は言って動かなかった。問わず語りに話す男の来歴が面白かったので、私はその和とじの本を買ってしまった。

実に精巧な模写で、男が自分で描いたものだという。こんな腕があるなら、絵描きになればよさそうなのに、そうもいかないのが芸術の摩訶不思議のようだ。

私はサービスのつもりで、その秘戯図の模写本の由来を二人の客に面白おかしく話した。

二人は明らかにその絵を見たそうな顔色になった。私はそこで紫の絹の風呂敷に包んで、男が持ってきたままの本を持ち出し、二人の謹厳な顔の客にさし出した。

小島さんが風呂敷からその和とじの本を取り出し、いっしょに見ますかという表情で、平野さんとの間に机の上に置いたが、平野さんはそわそわして赤くなり、

「お先にどうぞ」

というそぶりで、小島さんの方へ本を押しやった。

小島さんはちょっと笑いを含んだ表情で、そのまま頁をめくりつづけ、所々で、頁をめくるのを忘れたふうに、じっと長く目を凝らしたりして結構堪能しているふうであった。最後の頁まで見終って、

「ほんとに模写とはいえ、うまいもんだな。北斎の本物の版画、まとめて見たことがあるんですが、いいですね。この手のものは歌麿より迫力があっていいんじゃないかな」

小島さんはまたそれを平野さんの膝の前にすすめた。平野さんはそれを手に取ろうともしない。急に時計を見て遅くなったと立ち上った。恐妻家だという噂を耳にしていたので、引き止めすぎたかと思い、私はその本を風呂敷に包み、

「よろしかったらどうぞ」

と平野さんに渡した。返して貰《もら》わなくていいという気持だった。平野さんは恭しくそれを受取り、鞄にしっかりしまって帰っていかれた。

生真面目と滑稽は紙一重

平野謙さんから、ある日突然、私のマンションに伺いたいと電話があった。いつもの謹厳そ

のものの口調である。私は畏《かしこ》まってどうぞと答え、手伝いの少女の由利ちゃんに、平野先生がいらっしゃるから粗相のないようにと言ってきかせた。由利ちゃんはケーキ作りの講習に通っていたから、習いたてほやほやの手作りケーキでおもてなしするとはり切った。

平野さんは約束の時間に寸分たがわずひとりでいらっしゃった。部屋に入るなり、恭しく紫の風呂敷に包んだ例の北斎の秘戯図の写しの本をさし出して言われた。

「大切なお品を拝借してありがとうございました。ところでわが家には子供もいることだし、早くお返ししろと家内が申しますのでお返しに上りました」

という。平野さんのお子さんとはもう成人していられる筈《はず》である。私はその包みをそのまま受取って、恐縮ですと挨拶した。そこへ由利ちゃんが、朝早くからキッチンにたてこもって作ったケーキらしきものを持って現れ、平野さんの前にさし出した。

平野さんはおもむろにそれを召し上って、

「あの、このケーキは何という名前でしょうか」

と訊《き》かれる。それは由利ちゃんが緊張しすぎてどうやら失敗したらしい形にもならぬババロワであった。

「ババロワのつもりのようですけれど」

と私が恐縮して答えると、平野さんは更に大真面目な表情を堅くして、

T.Y.

「はあ、ババロワでしたか。ババロワなら私の大好物でして、神田の××軒のババロワが絶品ですよ」

といわれる。私は返答に困って目を白黒させていた。

平野さんは私に包みを返すと、ほんとうに安堵した表情でさっさと帰っていかれた。

キッチンに行くと、由利ちゃんが床に尻もちをついて、体を二つに折り曲げて笑いころげていた。

それから半年ほどが過ぎて、開高健さんから電話があった。

「今、平野さんとお茶の水の旅館に缶詰めになって仕事している。二人とも疲れたので、瀬戸内さんを誘って夕飯を食べに出ようと話がまとまった。ついては瀬戸内さんのゆきつけの美味しい店へ一緒に行かない？」

という。それで、私は青山の行きつけの中華料理店へ案内した。

そこの女主人は美人でグラマーでセクシーな人だった。一年前中国人の夫を亡くしていた。開高さんを一目見るなり、亡夫と肥り方がそっくりだといい、一目惚れしてしまった。

開高さんばかりが目に入って、平野さんの姿は、彼女には空気のようなものらしかった。

料理は上々で、燕の巣のスープや熊の掌の肉など珍味の料理がどしどし出てくる。

テーブルは開高さんの独壇場で、美女のマダムと二人で盛り上っている。そのうち、開高さんの話に興奮したマダムが、やおら服の前ボタンを次々外し、ぼろりと豊満なおっぱいをむきだして見せた。

平野さんが思わず腰を浮かし、食べかけのものを喉につまらせてしまった。

その夜、真夜中に平野さんから電話がかかった。

「あのう、開高があれからまだ帰ってこないんですよ。いま部屋を覗《のぞ》いたら、帰った気配もありません。大丈夫でしょうか」

大人の開高さんが、私たちをまいて、どこかに消えたって心配する方が野暮というものだろう。

「きっと、どこかで呑《の》み足りなくて呑んでるんじゃないですか。御心配には及ばないと思いますけど」

と答えるしかない。それでも平野さんの口調は生真面目を通りこして緊張している。

「つかぬことを伺いますが、あの店のマダムは色情の病人でしょうか。あのおっぱいショーは平常の神経の持主とは思えませんが」

ああ、こういう人だから、私の小説「花芯」に、子宮という文字がいくつあったなど、指折り数えたのだろうと納得がいった。

その翌朝、花屋がバラの花束を届けにきた。プレゼントカードには女文字で、

「すばらしいお引き合せを感謝します。河口湖を見ながら、ふたりでいただいた朝のコーヒーの美味しかったこと！」

とだけ書かれていた。そういえば昨日の料理の代金は私が払ったのだった。

遠藤周作

カトリック府中墓地（東京都府中市）

遠藤周作（えんどう・しゅうさく）

大正十二年（一九二三）東京・巣鴨生まれ。中国・大連、神戸で育ち、十二歳でカトリックの洗礼を受ける。昭和十八年、慶大入学。肋膜炎のため召集されなかった。二十五年、渡仏しリヨン大学大学院に留学。帰国後、処女エッセイ集『フランスの大学生』を出版。三十年、「白い人」で芥川賞受賞。三十三年刊の『海と毒薬』（新潮社文学賞、毎日出版文化賞）で文壇に地位を確立した。三十四年、最初の切支丹小説「最後の殉教者」を発表後、結核のため闘病生活に入る。

四十一年、キリシタン迫害史を背景に神の存在を問うた『沈黙』（谷崎潤一郎賞）が国内外で大きな反響を呼ぶ。四十五年、ローマ法王庁からシルベストリ勲章受章。主な著作に『死海のほとり』、『イエスの生涯』、『キリストの誕生』（読売文学賞、日本芸術院賞）、『侍』（野間文芸賞）、『深い河』（毎日芸術賞）など。「狐狸庵」のユーモラスなエッセイも人気を集めた。平成七年文化勲章受章。八年、七十三歳で逝去。

敬虔なカトリック信者と天才ウソつきは同居する

遠藤周作さんは、敬虔《けいけん》なカトリック作家で、第三の新人の一人として早くから文壇に登場し、数々の文学賞を受賞している才能豊かな作家である。

ざっと、その著作と受賞をふりかえってみると、

「白い人」（芥川賞）
『海と毒薬』（新潮社文学賞、毎日出版文化賞）
『沈黙』（谷崎潤一郎賞）
『キリストの誕生』（読売文学賞）
『侍』（野間文芸賞）
『深い河』（毎日芸術賞）

と、目をみはるような輝かしい業績をとどめている。病没する前年一九九五年には文化勲章を受章している。

この文学歴と受賞歴を見ただけなら、どんな重厚な性格の人物かと想像されるが、この一方で狐狸庵という筆名で、面白おかしい随筆をたくさん書き残している。抱腹絶倒するような狐狸庵ものは、純文学以上に広い読者を得ていて、遠藤周作といえば、この上なく滑稽《こっけい》なことを

思いつくユーモア作家と思われていたむきもあった。

日常の遠藤さんは、つとめて狐狸庵的な面を主張した言動をしたがった。私とは一つしか年下でないのに、逢えばわざと大声であたりに聞えるように「姉《あね》さま！」と呼びかける。

はじめて逢ったのは、新潮社の編集者田邊孝治さんのお宅の新築祝いの小宴の席であった。田邊さんの関係の作家たちが数人招かれていた。私は河野多恵子さんと出席した。みんなの顔が揃《そろ》った後で、少し遅れて遠藤さんがやってきた。玄関から大きな声で、

「いやあ、豪邸やなあ。凄《すご》いなあ」

と近所一帯に聞えるような大きな声をあげながら入ってきた。背が高く、脚が日本人離れして長く、仕立てのいいダークスーツを着こんで、黙っていたら、スマートで上品な紳士であった。しかし遠藤さんは入ってくるなり、大きな声で、機関銃のようにひとり喋《しゃべ》りつづけ、座を賑《にぎ》わしていた。話すことが一々滑稽で面白いので、座は笑い声が絶えず陽気な気分が盛り上ってくる。第三の新人たちの失敗談や、毒のない悪口が多く、それが笑いを呼んでいた。もしその場に遠藤さんの声がなかったら、どんなに淋《さび》しい席になっていただろうと思われた。その日の帰りぎわ、遠藤さんは手提げの中から紙包みを二つ取りだし、私と河野さんにうやうやしく手渡してくれた。

「これなあ、すごいソノシートやで。なかなか手に入らないものやけど、お二人にプレゼント

T. Y.

するよ。夜、寝しなにひそかに聞いてな」

帰宅して、夜、寝床にはいるまでもなく、早速薄っぺらいソノシートを聞いてみた。年齢不詳の甘ったるい男の声が呼びかけてくる。

「あなたの寝小便はかならず治ります……あなたの寝小便は必ず治ります……あなたの……」

同じことがえんえんと続くのであった。もしや最後に何か異ったことばが出るかと思い、私は最後まで聞きつづけてしまった。

「これは寝小便を治す奇跡のソノシートです」

という声は、狐狸庵主人の声にどこやら似ていた。と気がつけば「あなたの寝小便」の声も狐狸庵の作り声と思えないでもない。

私は河野さんに早速電話してみた。彼女もまた夜を待たず、それをちゃんと聴いていたではないか。二人は電話口で爆笑した。

その日のことが遠藤さんの署名入りで週刊誌のコラムに載ると、

「楽しい宴の間じゅう、瀬戸内晴美は絶えまなく喋りつづけ、河野多恵子は黙々と煙草をふかしつづけ、一座を悠然と睥睨していた」

という文章になってくる。

その数日後、何かの会で逢った吉行淳之介さんに、私がことの顚末《てんまつ》を話すと、

「あ、今、あいつそれに凝ってるらしいね。男に渡すのはセクシーな女の声だって」

「えっ、あれ、遠藤さんの声じゃないんですか」

「ふーむ、そういうことか」

吉行さんはたいそう感心した顔付になって、私を慰めるつもりか、遠藤さんの最近の逸話を話してくれた。

遠藤さんは、ああ見えても本質はまことに真摯《しんし》なカトリックなので、貞操は固く奥さんの順子さん以外の女に触れたことがない。

それを仲間の第三の新人たちがからかって、そんなことで小説が書けるかとけしかけたら、ある朝早く、遠藤さんから吉行さんに電話がかかってきた。

あんまり、みんなが馬鹿にするので一念発起して、昨夜渋谷でついにケイケンすることにした。相当酔っぱらっていたが、ビルの影で煙草をふかし流し目をしたそれらしい女に誘われたふりをして、一夜を明かしたという。

「ところがなあ、今朝目がさめたら、横に寝ているヤツの頰《ほお》から顎《あご》にかけて毛が生えてるやんか！」

「それも狐狸庵のまっかなウソの作り話じゃない？」

「ふーむ、そういうことか！」

吉行さんがひどく納得した声でいった。

秘書の付き人とまちがえられた遠藤さん

遠藤周作さんは芝居が好きだった。自作の随筆によれば、小さい時から嵐寛寿郎の鞍馬天狗が大好きで、大きくなったらああいう映画俳優になりたいと憧《あこが》れていたそうだ。その夢がずっとつづいていて、小説家になってからも演劇への夢が捨てきれず、「樹座」を打ちあげ、自分が座長になった。ここに集められた役者は、遠藤さんの係りの芝居好きの編集者や、行きつけのバーのママや、男女を問わず作家仲間や、知り合いの女社長などであった。代々の遠藤さんの美しいと定評のある魅力的な秘書たちも揃っていた。

旗あげ興行も華々しく、切符も売り出された。私は義姉弟と吹聴されている手前、派手な「のぼり」を作り贈った。初日には、特別に注文した特大の大根ばかりで作った花盛りに見たてたオブジェを作って、ロビーの真中においてもらった。

出し物はロミオとジュリエットであった。出演者は出演料を貰《もら》わず、出演費を取られるというシステムになっていた。いい役を欲しければ、いきおい出演費が高くなるという仕組で、それでもロミオとジュリエットになりたがる人が多く、自前の出演費が高くなっていくという。

出たがりの遠藤さんのことだからロミオだろうと思っていたのに、幕があいてみると、遠藤

T.Y.

さんは伯爵の甥《おい》で、ロミオと決闘する役であった。ロミオは一幕ずつ役変りする。決闘する幕のロミオは小柄な人で、遠藤さんの方がずっと堂々としてスマートである。ところが二人ともひどい近眼なのに眼鏡を外しているので、いざ決闘となっても剣が噛《か》み合わない。打ち合う度にとんでもないところの空を二人して切るので、見物席からは爆笑が湧く。衣裳は福田恆存氏主宰の「雲」からまるまる借りているので、本物で堂々としている、背景も一流の人にまかせている。ところが役者が熱演すればするほど、なぜか爆笑が湧くという不思議な芝居であった。しかし樹座はユニークだというので人気が出て固定ファンもつき、最後はニューヨークまで出かけてブロードウェイで演じてきた。

その何度めかの公演の時のプログラムに、次回は、「瀬戸内晴美（得度前の筆名）と北杜夫のパントマイム実現！　乞御期待!!」とあるではないか。驚いて北さんに電話すると、「ぼくも一度も出演交渉らしきものを受けておりません。でもお喋りの瀬戸内さんのパントマイムはぼくもぜひ拝見したいので、喜んで共演させていただきます」

という。もちろんその後も出演交渉はなく、次回公演のプログラムに、私たちの名前もなかった。

逢えば笑ってばかりだし、不真面目《ふまじめ》なこっけいな話ばかりしてくれる遠藤さんがごく稀《まれ》に真剣な表情で大真面目な話をすることもある。それは必ず母上に関しての話だった。

大連で小学生の頃まで過した遠藤さんは、その時代の母上のことをよく話してくれた。母上は上野の音楽学校の卒業生でピアノの名手であられたこと、物心ついた頃から両親の仲は疎遠になっていたらしいこと、母上が熱心なカトリックのクリスチャンだったので、神戸に移ってから小学校時代、洗礼を受けさせられたことなどを、いつものふざけた調子ではなく、真剣な面持《おももち》で時たま話してくれた。

その口調の端々に遠藤さんがいかに母上を敬愛しているかが窺《うかが》われて、私も神妙な表情でいつも聴いていた。

「自分でそれを選んだ三浦や曽野さんと違って、僕の洗礼は意味もわからず、母に抗えなくて無理に受けさせられたものだから、ずっとお仕着せの身に合わない服を着ているようで、落着かないんだ。何度もそれが厭《いや》で、服を脱ぎ捨てようとするのに、どうしてもそれが脱げない。母親に死なれてから、いっそう服が肌にくっついてしまった」

遠藤さんはそういっては遠い所を見る目つきをして、

「そのわけを追求することが、ぼくの文学の主題なんや」

とつぶやくのであった。

私は、ふざけて人を笑わせている時の遠藤さんも好きだったが、お母さまの話をしみじみ独りごとめいた口調でつぶやく時の遠藤さんをとても信頼したし、敬愛するようになっていた。

しかし次に逢うと、またいとも朗らかな顔付で、

「あのなあ、この間テレビ出演で放送局へ行くのに、スターの真似をして、うちの秘書に着がえの衣裳持たせてつれていったんや。そしたら、廊下ですれちがったやつが、

『あの女優、すてきやけど、付き人がなっとらんな』

って言いくさるんや」

といって笑わせてくれるのであった。

若い時、肺結核を患い、何度も手術して肋骨《ろっこつ》を切っている遠藤さんは、死については、

「死ぬのは怖い！　死にとうない！」

と、本気で言っていた。

学生や女子供の列が続いたお葬式

いつでも逢うと笑わせてくれる遠藤さんが、時折、妙に真面目な顔つきをする時があった。

その日も、そんな遠藤さんの表情を見た。場所は京都の法然院であった。本堂の方へ行く庭の真中で、ふっと立ち止った遠藤さんが、

「寂聴さん、死ぬの怖くない？」

と訊いてきた。ひどく生真面目な表情の遠藤さんが首をのばし、遠く空の方を見上げている。

SHUSAKU
ENDO
T.Y.

「なぜだか、あんまり怖くないのよ。たくさん好きな人が向うへ行ってしまったからかな」

「ふうん、ぼくはとても怖い。死ぬのは厭だ」

「だって遠藤さんは熱心なカソリックの信者なのに？」

「うん、それでも怖い！　死ぬのは厭だ」

その日も遠藤さんは、自分の信仰は母上から無理矢理着せられたお仕着せだから、未《いま》だに身につかないと、ため息まじりに言った。

あの元気だった遠藤さんが、重い病気になっていると聞いて以来、私は動揺して、お見舞に行くのもためらわれた。順子夫人がそれこそ至れり尽せりの介護をしていらっしゃることは伝っているので、その点は何も心配することはない。それでも、どんなに辛いだろうと思うとたまらなかった。

そんな時、遠藤さんが私と対談してもいいと言っているという話が舞いこんだ。私はすぐ上京して、指定された場所へ行った。専《もっぱ》らの噂では、遠藤さんは、自分の家で透析しているほど重病で、すっかり衰弱しているという。伝えてくれる編集者たちの誰の目も言外に回復の見込みはなさそうだと語っている。

先に着いて待っている場所へ遠藤さんが、頑丈な体つきの編集者に抱きかかえられてきた。私はその様子と顔を見て、ショックで体が震えるのを必死で人に気づかれまいと身構えた。これがあの陽気でホラ吹きの遠藤さんだろうか。すっかり面変わりしていて、あのスマートな体つきが、痩せて今にも折れそうに頼りなくなっている。笑いかけようとしてくれる顔が歪《ゆが》んで泣き顔になった。

やっと座に坐ってからは、対談というより、遠藤さんの一人語りを、私が聴くという型になった。

「吉行が死んでしまったのが一番こたえた。まさか、あいつがあんなに早く死んでしまうなんて……淋しいなあ、みんな逝ってしまって」

私は少しでも気を引き立ててもらおうと、最後の作品となるであろう『深い河』の話をした。遠藤さんをかかえて運んでくれた講談社の芳賀明夫さんが、インドへ同行して取材を手伝った人であった。芳賀さんにつれられて、私も何度もインドへ行っている。芳賀さんが緊張した空気を和らげようと、言葉をはさんでくれるが、遠藤さんの笑顔はついに一度も浮ばなかった。私とただ逢いたい一心で来たということだけが、ひしひしと伝った。私はあんなに死にたがらなかった人に、死がとりついている現実を見つめて、たまらなかった。私がお宅へ伺ったのにと言うと「家は病気臭いからな」と、つぶやいた。

最後にまた芳賀さんにかかえられて、長い廊下を遠ざかる遠藤さんを見送りながら、もうこらえられず、私は泣いていた。

それが、遠藤さんと逢った最後になった。

病苦は想像の外のものだったらしい。ある日、病床で遠藤さんが順子さんに向って、

「自分は神さまを本当に熱心に信じて、あんまり悪い行いもしないで、一生懸命小説を書いてきただけなのに、どうして神さまはこんなに辛い病苦をお与えになるのだろう」

と弱音を吐いたことがあるという。その時、順子さんが、

「神さまは、ヨブをあなたに書かせるために、ヨブの苦しみの一部を味わわせなすったのよ」

と励ましたら、いきいきした顔になり、

「そうだ！　ヨブを書く仕事が残っている」

と声に出したという話を、亡くなった後で、私は順子さんに伺った。

病床に文化勲章が届いたが、それは順子さんが宮中に代行して受けてきたものであった。

亡くなって、三十分もした頃、順子さんは遠藤さんの死顔がふっと和やかになって、

「もう天国で、お母さんや兄さんと逢って楽しく話してるよ」

という遠藤さんの声がありありと聞えたという。

井上洋治神父さまがとり行うお葬式に、私は梅原猛さんと出席して聖歌を歌った。その日の私の道服は、遠藤さんが私の出家を祝って贈ってくれたものを、はじめて着ていた。

気丈にしっかりと遺族席に立っている順子さんに、私は両袖を広げて見せた。順子さんはす

ぐその意味が解ってくれ、やさしい美しい笑顔でうなづいて下さった。

水上勉

文学者之墓（静岡県小山町・冨士霊園）

水上勉（みずかみ・つとむ）

大正八年（一九一九）福井県本郷村（現おおい町）生まれ。十歳で京都の寺にあずけられる。昭和十一年、中学卒業後に還俗、働きながら立命館大に通うが中退。職を転々とし、十九年に召集される。

戦後上京し出版社を興して宇野浩二に師事。二十三年、『フライパンの歌』がベストセラーとなる。その後、宇野の口述筆記を担当するが、一時、文学からは遠ざかる。

四十歳になって刊行した『霧と影』、『海の牙』、『耳』が直木賞候補となり社会派推理作家として脚光を浴びる。三十六年『雁の寺』で直木賞受賞。『飢餓海峡』、『五番町夕霧楼』、『越前竹人形』などで一躍流行作家となり、『宇野浩二伝』（菊池寛賞）、『一休』（谷崎潤一郎賞）、「寺泊」（川端康成賞）、『良寛』（毎日芸術賞）など膨大な数の作品を残した。三十八年、雑誌に発表した公開書簡「拝啓池田総理大臣殿」など福祉問題への発言も目立った。平成十六年、八十五歳で逝去。

自他ともに認めた男前の艶聞多き作家

水上勉さんは誰もが認める男前であった。中肉中背、体つきはよく締っていて、風貌《ふうぼう》は女心に訴えるそこはかとない愁いを含み、端正でもあった。従って女によくもてた。

私が識《し》り合った頃は、もうすでに推理作家としても売れていた。その上、『雁の寺』で直木賞まで取って華やいでいた。

その頃水上さんの係りだった文藝春秋のベテラン女性編集者から、

「あの小説は私がホテルに缶詰にして、見張って書かせたのよ」

とじかに聞かされた。賞は私が取らせたのだという自負がその言葉の張りにあった。

私はやっと、文壇に片脚がかかったくらいの頃で、こんなに熱心に構ってくれる編集者を持つ人はまぶしく羨《うらや》ましいと思った。ところが水上さんは、どうしてだか、私のことを、自分と同時期に小説家として認められたと勘ちがいしていて、いつまでも、ついに死ぬまで、私を最も近い同世代の人間と思いこんでいた。

気がついたら、私は数ある水上さんの艶聞《えんぶん》の打ちあけ話を聞かされる役目になっていた。

それはお惚気《のろけ》であったり、もて過ぎて紛争した色事の愚痴であったりした。多くは電話であった。その口調は水上さんの小説のようにどこか浄瑠璃じみた哀調をふくみ、めんめんとつづく。どこか芝居がかっても聞えるが、いかにも誠実そうな口調ともとれる。この言葉のさわりが女を酔わせるのかもしれないと私は聞いていた。

お気の毒にも障害のある女のお子さんが生れて、そのため、水上さんの仕事ぶりは一層決死的になっていた。流行作家としては松本清張さんと並ぶほどだった。その頃、例の電話で、

「小林先生（秀雄氏のこと）がなあ、何でお前はそんなに仕事をするんじゃとおっしゃるんだ。それで、うちに障害の子をかかえてますので、その治療や将来のために稼がなりませんのやと言うたら、そうかと黙ってしまわれた」

といってきた。水上さんは、陰でも谷崎潤一郎さんと小林秀雄さんと宇野浩二さんのことは先生と呼び、敬語で語っていた。小林さんとは毎年、暮から泊りこむ湯河原の宿が一緒だというのを光栄にしていた。谷崎さんからは、『越前竹人形』という小説に毛筆のすばらしいお手紙でほめられたと泣かんばかりに喜んでいた。宇野浩二さんは水上さんが小説の師として仰ぎ、宇野さんの晩年、口述筆記をした関係である。

本来多才な人で、推理小説、高僧伝記、私小説、エンターテインメント小説、純文学長篇、短篇、何でもこなせる人で、作家としての才能の幅が実に広かった。

九歳の時、貧しい家の口べらしに、京都の寺へ小僧に出されたことは、よく書かれている。いつか一緒に講演旅行に行った時、九歳の時、家を放《はな》れた悲しさから、禅寺での辛《つら》い辛抱な

T.Y.

どを、浄瑠璃調で、めんめんと話す。聴衆の中からは、同情のすすり泣きが洩《も》れてくる。

最後のつめは、

「私のこの小説は私が命をかけて一生懸命書いたものでございます。もしお買上げ下さって、つまらなければ、いつでもお金をお返しして本を引き取ります。どうか読んでやって下さい」

という。やんやの拍手で退場する。私はそんな水上さんに、

「もう二度と一緒に講演はしない。今日は私が先でよかったものの、もし、水上さんの後に廻ったら、誰も聴いてくれないもの」

と言った。水上さんは満更《まんざら》でもない顔をして、にやにやしていた。

自分は寺を逃げだし、還俗《げんぞく》して作家になったのに、私が五十一歳で出家したのを、目を輝やかせて祝福してくれた。

私は水上さんの書くものから、一度結ばれた仏縁は、自分で切ったつもりでも、決して仏さまは放されず、逃げた人物の背のどこかに糸の端はしっかり縫いつけられているものだということを教えられた。

『一休』を書き谷崎潤一郎賞を受賞したのは五十五歳であった。

他にも仏教に関するエッセイなども多く書いているし、京都の寺々とのつきあいも、おろそかにはしていなかった。

ふたりで面と向って仏教について話しあったりしたことはなかったが、どこかで、他の作家たちとは一味ちがう互いのことで納得しあったものがあるというつきあいであった。

亡くなる前、しきりに私に逢《あ》って話しておきたいことがあると、編集者から伝えられるので、京都のマンションの仕事場に訪ねていったが、格別何の話もなく、世間話だけで終ってしまった。そのマンションは、有吉佐和子さんが一時、京都の仕事場にしていたところで、京都ではしりの、有名な高級マンションであった。水上さんは有吉さんのその部屋のあとに住んでいた。


桂小五郎、芸者幾松の迷舞台!!


水上さんとの長いつきあいの中で、何といっても一番面白かったのは、文士劇で、同じ舞台に出たことであった。

文士劇というのは文藝春秋で、読者サービスのため、毎年行う催しで、東京宝塚劇場を借りきって、小説家や評論家や画家や、漫画家が一日だけ役者になり芝居をして見せるのであった。出し物や出演者は文藝春秋で決める。

小林秀雄のような怖がられている人でも、文士劇にはなぜか機嫌よく出演している。

文士劇の役者は、下手なのがお愛嬌《あいきょう》で、読者である観劇者は日頃自分の贔屓《ひいき》にしていたり尊敬していたりする作家先生たちが、下手な演技をしたり、せりふを忘れて立往生すると、やんやの喝采をして爆笑し大喜びする。

私は一度その日に講演をし、他は二回文士劇に出演した。

昭和四十年に「河内山《こうちやま》」の腰元浪路の役で、その時水上勉さんが浪路の仕える殿様松江出雲守であった。

この時の演出家は川口松太郎さん。殿様の側室にされかかる浪路と殿様のからみは余りなくて、この時の勉さんとの共演の記憶はほとんどない。

ところが次の年もまた勉さんと同じ舞台を踏んでいる。この時の記憶は実に鮮明に憶《おぼ》えている。出し物は司馬遼太郎さんの人気小説『竜馬がゆく』で坂本竜馬は人気絶頂の石原慎太郎さん。その頃の慎太郎さんは弟の裕次郎さんよりハンサムで颯爽《さつそう》としていた。さてこの芝居で桂小五郎に水上勉さん、その恋人の芸者幾松は私という配役が廻ってきた。二日に五時間という短い稽古《けいこ》の文士劇に冷汗かいてこりごりした筈《はず》なのに、私は又もや軽率に引き受けてしまった。

勉さんから電話がかかった。

「あのなあ、今年は二人のからみが重大な場面やし、恥はかきとうないから、割り稽古をしっかりしようやないか。中村嘉葎雄に教えてもらうよう手配したから、あんたも来なさい」

場所は新橋の待合のどこそこ、時間は午後六時。口調の真剣さと荘重さに圧倒されて、私は指定の場所に出向いた。嘉葎雄さんは勉さんの「越前竹人形」の舞台に出て以来、親密な仲だ

T.Y.

という。すでに嘉葎雄さんは着いていた。困ったような表情で曖昧《あいまい》な微笑をして私を迎えてくれた。勉さんはなぜか異様に張り切っている。

「嘉葎雄にしっかり教えてもらいなさい」

と私に言いながら、たちまち私の存在など眼中になくなり、嘉葎雄さんを独り占めにして、せりふの節廻しやら、桂小五郎の身のこなしを習いはじめた。

「刀の扱いはこうか、これでよいか？」

木刀を手にして振り廻し、見得《みえ》を切ってみせる。真剣そのものの一生懸命さが何かおかしい。それに反し、嘉葎雄さんは無造作に、「ええ、まあ」とか、「はい、そんなものですね」など、至って投げやりな教え方である。勉さんの方は額に汗して立ち廻りをやっている。私は褄《つま》の取り方などちょっと教わっただけで、結局、勉さんの舞台への異常な熱意を見せられただけであった。

さて当日、いよいよ第四場の、桂小五郎と幾松の二人舞台の幕が上った。見れば、かぶりつきの席にずらりと勢揃《ぞろ》いしているのは、祇園、先斗町《ぽんとちょう》、上七軒《かみしちけん》のきれい所の総見であった。人気作家の勉さんは、どの色町でも一番と折紙のついた名妓《めいぎ》を情人にしていると専《もっぱ》らの噂の頃であった。私もその頃、小説のためによく京都の色町に客として出入りしていたので、その芸妓たちと友だちづきあいをしていた。女将達も勢揃いしている。舞台よりこっちの方がむしろ華やかである。この総見を予知していた勉さんが、あれほど熱心に稽古を励んだわけが、一瞬に了解できた。

「勉さあん‼」

「水上！」

彼女たちは黄色い声をはりあげて、声援する。舞台の勉さんはすっかり上ってしまって、せっかくの猛練習もどこへやら。せりふもつまりがちになった。

彼女たちのど真中にはり出したエプロンステージで小五郎、幾松のラブシーンの場となった。ふたりが抱きあったとたん、後の場に出る筈の戸川昌子さんが、これも芸者姿で飛び出してきて、私たちの間に割こみ、

「何よ、いちゃいちゃして」

と邪魔をするではないか。後で判明したところによるとブランデーを一本楽屋で空けすっかり酔っぱらっていたのだという。もはや舞台はめちゃめちゃであった。

あの時の勉さんの情けない顔が、今となっては無性になつかしい。

放浪の星の同類どうし

水上さんは東京に家族と棲《す》む立派な家があったが、ほとんど家は留守にして他の場所で仕事

をしていた。軽井沢の別荘を買った時は、仕事も絶頂期で、人気女優との情事の噂も華やかな頃であった。その女優さんは、勉さんの代表作「越前竹人形」を舞台で演じたことから縁が出来たという。新しい恋が生れる度、勉さんは私にそれを吹聴したがる癖があった。いつでも相手の魅力を最大限の讃辞で伝え、結ばれた縁を、

「これは運命やねえ」

と感じいったようにいう。長短の差はあっても、その恋はいつでもなぜか女の方に去られるという形で終る。恋や情事は勉さんの場合、芸の肥料のようなもので、留守宅の家庭は決して壊すつもりはない。

女に去られる度、勉さんは例の浄瑠璃口調で、

「女ちゅうもんは、ほんまに、どいつもこいつも外面如菩薩内心如夜叉《げめんにょぼさつないしんにょやしゃ》や！」

と慨嘆する。それでも女に懲りるということはなかった。

「あんたもわしも同じ放浪の星を背負うとんやなあ、一所に定住出けへんのはその星のせいやで」

としみじみ言ったこともある。

東京のお宅にも、御自慢の軽井沢の別荘にも伺ったことはないが、故郷の若狭に私財を投じて建てた「若州一滴文庫」は訪れているし、晩年の棲家《すみか》となった信州の勘六山の別荘にも訪ね

T.Y.

ている。京都の仕事場、思文閣のマンションにも行っている。中でも一滴文庫が建った時の勉さんの幸福そうな表情が忘れられない。

故里の田園のど真中に広い敷地を買い取り、そこに自分の集めた本や資料や、自著や生原稿のすべてを収めている。水上勉記念館と呼んでもいい構造だが、勉さんはそれをふるさとの子供たちに本を読めという思いをこめて贈った。

建築費は、すべて個人の私費でまかなったと聞かされた。別棟に竹人形芝居の上演できる小屋もあり、竹紙を漉《す》く工場も建っている。建ち上っていち早く訪れた時は、まだ建物だけで、広い前庭には細い樹がひょろりと数本しかなかった。そこへ軽井沢から樹を運んで立派な並樹にすると話してくれた。筍《たけのこ》の皮を煮て漉く竹紙は墨や絵具の吸い方が抜群でとても使いよいものであった。

「これを建てるため、十年間、あらゆる義理を欠いて金貯《た》めた。死物狂いで書きまくった」

事もなげに言うが、この建物の開設への並々ならぬ夢と覚悟のうかがえる強い言葉に聞えた。九歳までしか留まれなかった故郷の土地に対する勉さんの切ない愛慕が結晶したのが、一滴文庫なのだ。

軽井沢の別荘を売って建てたという勘六山の建物が、結局勉さんの「終《つい》の栖《すみか》」になったのだろうか。そこでも、母屋の他に焼物をする小屋と、窯場と竹紙を漉く工場が建っていた。

その上、竹人形の稽古場の工事まで始っていた。

庭の隅には小さな畑があって、毎日食べる新鮮な野菜はそこで間に合うという。そこで焼くのは骨壺《こつつぼ》だと称していたが、可愛らしい蓋《ふた》つきで、骨を入れる前に砂糖やチョコレートを入れてみたいような気がする。展覧会に出すと、結構な値で飛ぶように売れていた。部屋の至るところに描きかけの絵や完成した絵が散らかっている。勉さんは字も絵も余技の域を脱していた。

寺にいた頃、坊主の修行として字も絵も手ほどきを受けたという。もちろん、天性の才能があってこその名作である。

一九八九年中国へ旅行して、天安門事件に遭遇し、北京飯店で足留になってしまった。帰国した直後心臓発作を起し東京の自宅へかつぎこまれている。手術の結果生命は取りとめたが、この時、自宅以外で倒れていたら生きのびられなかったのではないだろうか。心臓が三分の一になり、ペンで書くことが困難になったといい、ワープロを習得した。

八十三歳の時『虚竹の笛』で親鸞賞を受賞している。私も選者の一人だったので嬉しかった。この授賞式にはもう車椅子で出席している。

それから一、二年後しきりに私に逢いたいという伝言が出版社から入るので、京都のマンションを訪ねた。どうしても話しておきたいことがあるという。以前訪れた時とは見ちがえるようにマンションの住み方が荒れており、一番広い居間の天井から、いかめしいワープロの機械類がいくつも下っていた。凝り性の勉さんは一度習いはじめると、ワープロでも徹底して研究し最新式の機械を具《そな》えるのだった。

二時間余りいたが、結局これという話は出ず、昔話ばかり繰り返した。帰り際、握手をして別れたが、お互いが触れ合ったのはこれが初めてだと気がつき、これが最後になるかもしれないとちらと思った。

そしてその予感は適中した。亡くなったのは二〇〇四年九月で、享年八十五だった。

初出・日本経済新聞土曜日付朝刊（二〇〇七年一月六日〜二〇〇八年一月五日）

各章扉裏の作家案内は編集部で作成いたしました。

写真・資料提供（掲載順）
山中湖文学の森 三島由紀夫文学館
芦屋市谷崎潤一郎記念館
新宮市立佐藤春夫記念館
藤江淳子
北九州市立松本清張記念館
河盛良夫
岡本太郎記念館

瀬戸内寂聴（せとうち・じゃくちょう）

1922年 (大正11) 徳島市生まれ。東京女子大卒。

57年 (昭和32)「女子大生・曲愛玲」で新潮社同人雑誌賞を受賞。61年『田村俊子』で田村俊子賞。63年『夏の終り』で女流文学賞。73年に平泉中尊寺で得度。法名寂聴となる。92年 (平成 4)『花に問え』で谷崎潤一郎賞。96年『白道』で芸術選奨文部大臣賞。97年文化功労者。98年『瀬戸内寂聴現代語訳源氏物語』(全10巻) が完結。2001年『場所』で野間文芸賞。06年文化勲章。08年安吾賞。11年『風景』で泉鏡花文学賞。18年朝日賞。同年句集『ひとり』で星野立子賞、20年桂信子賞。

著書は『かの子撩乱』『美は乱調にあり』『青鞜』『諧調は偽りなり』『京まんだら』『比叡』『いよよ華やぐ』『釈迦』『秘花』『月の輪草子』『爛』など多数。『瀬戸内寂聴全集』(第1期全20巻) がある。

2021年11月、99歳で逝去。

横尾忠則（よこお・ただのり）

1936年（昭和11）兵庫県西脇市生まれ。美術家。

72年にニューヨーク近代美術館で個展。その後もパリ、ヴェネツィア、サンパウロなど各国のビエンナーレに出品し、アムステルダムのステデリック美術館、パリのカルティエ財団現代美術館、ロシア国立東洋美術館など各国で個展を開催。東京都現代美術館、京都国立近代美術館、金沢21世紀美術館、国立国際美術館など国内の美術館でも相次いで個展を開催。2012年神戸に兵庫県立横尾忠則現代美術館開館。

95年（平成7）毎日芸術賞。2001年紫綬褒章。06年日本文化デザイン大賞。08年小説『ぶるうらんど』で泉鏡花文学賞。11年旭日小綬章。12年朝日賞。15年高松宮殿下記念世界文化賞。16年『言葉を離れる』で講談社エッセイ賞。

オフィシャルホームページ http://www.tadanoriyokoo.com/

奇縁まんだら

二〇〇八年 四 月十五日 第一刷
二〇二一年十二月 六 日 第四刷

著者――瀬戸内寂聴
画――横尾忠則
発行者――白石賢
発行――日経BP
日本経済新聞出版本部
発売――日経BPマーケティング
〒一〇五―八三〇八
東京都港区虎ノ門四―三―一二
印刷・製本 凸版印刷

ISBN978-4-532-16658-8
Printed in Japan

本書籍に関するお問い合わせ、ご連絡は左記にて承ります。
https://nkbp.jp/booksQA